重婚なんてお断り！
絶対に双子の王子を見分けてみせます！

プロローグ　いいえ、必ず見分けてみせます！

爽やかな初夏の宵《よい》。

太陽と月の化身、夫婦《めおと》神イシクルとラヴァを祀《まつ》るアニマス神殿、その北殿の一室。

白く塗られた壁に豪奢なタペストリーがかかり、品の良い調度が並ぶ部屋の真ん中で、一人の娘と二人の青年が向きあっていた。

少女と呼ぶには大人びているが、女と呼ぶには初々しさが残る――そんな年頃の娘は、化粧台の前にあるような丸椅子に腰を下ろしており、膝の上に置かれた手をキュッと握りこんでいる。

サラサラと背に流れる髪は白銀色。

精緻《せいち》なレースをあしらった胸元からは豊かなふくらみが覗き、彼女が身につける淡い菫《すみれ》色のドレスは、彼女の抜けるように白い肌を美しく引き立てている。

その顔は人形のように愛らしく整っているが、奇妙なことに、娘の目は艶《つや》やかな絹のスカーフによって覆われていた。

「……では、クレア。始めるぞ」

「三分したら交代だからね」

そう声をかけた青年たちは娘に負けず劣らず、いやそれ以上に美しかった。

年の頃は二十歳前後。

均整の取れた長身にまとうのは、金糸の刺繍《ししゅう》を施したそろいの深青の上着にベスト、白いドレスシャツとトラウザーズ。

サラリと整えられた髪は朝陽のごとく淡い金色で、長い睫毛《まつげ》に縁《ふち》どられた瞳は初夏の空を映したように澄んだ青色をしている。

彫りの深いその顔立ちは「端整」という言葉では足りないほど、天井から下がったシャンデリアの輝きがかすむほど、まばゆさに目を細めたくなるほどに整っていた。

特筆すべきは、二人が鏡に映したように同じ顔をしていることだろう。

違うのは彼らの持ち物と、浮かぶ笑みの種類。

娘から見て左に立つ青年は唇の端をつり上げた皮肉げな笑みを浮かべており、右に立つ青年はにんまりと楽しげに口元をほころばせている。

そして、左に立つ青年は手ぶらだが、右に立つ青年の手には小さな砂時計が載っていた。

これから始まるちょっとしたゲームに使うための小道具が。

「準備はいい、クレア？」

手のひらで砂時計を弾ませ、右の青年が尋ねる。

「……はい、どうぞ」

娘――クレアは小さく頷くと、内心の緊張を押し隠して、そう答えたのだった。

――大丈夫、きちんと見分けてみせるわ。

心の中で呟くと同時に、コンと砂時計を置く音が聞こえて、小さく鼓動が跳ねる。

――最初はどちらかしら……？

コクンと喉を鳴らして、閉ざされた視界の代わりに耳をすませて気配を窺《うかが》う。

すると、不意に頬の辺りの空気がふわりと動き、耳たぶをひんやりとした何か――恐らくは指が――かすめ、クレアは反射のようにビクリと肩を揺らしてしまった。

途端、ふ、と小さく笑う気配がして、クレアはムッと眉をひそめる。

けれど、その怒りも長くは続かない。

ハラハラと頬に垂れる髪をそっとすくわれ、こめかみをくすぐるようにして耳にかけられて。

それから、ふれるかふれないかの力加減で耳の縁《ふち》をゆっくりと辿《たど》られると、ぞわりとこみあげる不思議な感覚に意識を奪われる。

「……っ」

優美な顔立ちに似合わず、彼――どちらかはわからないが――の手は鍛錬によるものなのか硬く、自分の頼りない手とはまるで違う感触に鼓動がざわめいた。

硬い指先はクレアの耳をなぞり、頬を辿《たど》って、首すじへ下りていく。

ゆっくりゆっくりと。どこにふれられるのが一番弱いか、探るように。

くすぐったさと似ているようで違う、肌の奥が疼くような感覚に、思わず妙な吐息がこぼれそうになるのを、クレアはグッと奥歯を噛みしめて堪える。

クレアの肌を辿《たど》る手は鎖骨まで下りたところで引き返し、首すじをなぞって頬へ向かう。

その後は耳たぶには戻らず、横に滑って唇にふれた。

唇の上側、下側と口紅を塗るように指の腹でなぞっていく。

ゆったりと唇の上を指が滑るたび、耳たぶや首すじをなぞられたのとはまた違う淡く甘い痺《しび》れが走る。

「……っ、ぁ」

思わず小さく吐息をこぼすと、目の前に立つ誰かが微《かす》かに笑う気配がして、クレアにふれる指先が薄くひらいた唇を悪戯《いたずら》になぞって頬へと流れていった。

——いったい、これはどちらの手なのかしら……

こんな風に嬲《なぶ》るようなさわり方をするのは、いったい、どちらなのだろう。

あまりにも二人が同じ顔をしているので、「いっそ見えない方が、違いが分かりやすくなるのではないか」と思いついたのが、つい十分ほど前。

「目隠しをして手にふれてみてもいいですか？」と尋ねたところ、このゲームを提案されたのだ。

「こういうことって、一番違いが出るものだから」と。

けれど考えてみると、それぞれがどのようなふれ方をするのかを知っていなければ、「正解」を当てようがない。

最初から、クレアには勝ち目のないゲームだったのだ。

——悔しい、どうして始める前に気付かなかったのかしら……！

そんなことを考えつつ、執拗に首すじを撫で回され、くすぐったさと淡い快感の境界で身悶えていると、不意にピタリと刺激がやみ、スッと手が離れていった。

ホッとクレアが息をつくと同時に、コンと砂時計をひっくり返す音が響いて、二つの足音が交差する。

――交代の時間だわ。

反射のように身を強ばらせると、忍び笑いがクレアの耳をくすぐり、ひたりと両の頬を手のひらで包まれた。

ザラリと硬い指の感触、大きさは先ほどの手とよく似ている。

けれど、今度の手は、先ほどの手よりも少しだけ体温が高いように感じた。

その温もりを伝えるように、あるいはクレアの頬の感触を確かめるように、頬にふれる手に力がこもり、ゆっくりと頬を撫で、顔の輪郭を辿《たど》っていく。

そのまま首を伝い、滑りおりた手は鎖骨のくぼみを悪戯《いたずら》にくすぐってから、ふたつの胸の膨らみをサッと指先でなぞった。

ほんの一瞬、羽根ぼうきでかすめるような些細な刺激。

それにもかかわらず、ふれられた場所に余韻めいた熱が残り、引き結んだ唇からは、ん、と大げさな呻《うめ》き――というには甘い声がこぼれた。

その反応に煽られたのか、また一つ忍び笑いが聞こえたと思うと、今度はかすめるのではなく、ひたりと胸のふくらみに指を添える。

「……っ」

ピクリと肩を揺らしたきり、クレアが制止の声をあげずにいると、その手の動きは少しずつ大胆になっていった。

胸元から覗くふくらみに指を沈めては離し、するすると指の腹で撫で回されて、くすぐったさとそれだけではない、淡く甘い痺《しび》れがチリチリと肌の奥に溜まっていく。

――ああ、もう。こんな反応したくないのに……！

頬が熱い。きっと彼らの目には、すっかりとクレアの肌が上気しているのが見えているだろう。耳に届く二つの息遣いは落ちついていて、自分一人だけが息を乱し、与えられる刺激を――愛撫を受け入れるような反応を示していることが恥ずかしくて堪らない。

けれど、仕方ないといえば仕方がないことなのだ。

クレアはずっと彼ら――いや彼に、フィリウス王国の王太子「ウィリアム・フィリウス」に恋をしていたのだから。

孤児院で暮らしていた頃から噂を聞いて憧れていた。そして四年前、彼が十六歳という若さで兵を率いて盗賊団を討伐した際の凱旋《がいせん》パレードで目にした瞬間、その美しさに心を奪われた。

十五歳で孤児院を出て、神殿の巫女《みこ》となってからの三年間は、月に一度神殿に祈りを捧げに訪れる「ウィリアム」をこっそりと覗き見ては、胸を高鳴らせていた。

言葉を交わしたことはなくても、クレアにとって「ウィリアム」は初恋の人だった。

その想いが今もなお心のどこかに残っていて、この身体を勘違いさせ、過剰に反応させているのだろう。

——そうじゃないとおかしいわ。だって、もう好きじゃないはずだもの……！

本当の「ウィリアム」は、彼らはクレアが憧れていたような理想の王子様ではなかった。

軽薄で皮肉屋で、少しばかり強引で高慢で、不完全な生身の男たちだった。

だから、こんな風な反応はしたくはない。

安い女だと思われたくないのに。

「……っ、ふ、……ぅ」

絶え間ない刺激に噛み殺しきれない吐息が唇の隙間からあふれ、そのうち、ふれられてもいない胸の先がチリチリと疼き、段々と硬くなっていくのがわかって焦りがこみ上げる。

それに気付いたのか気付いていないのか、それとも布越しでは物足りなくなったのか。

クレアにふれる手が大きくひらいた襟ぐりから覗く胸の谷間をなぞり、そのままドレスの内側へと滑りこもうとしたところで、クレアはついに降参の声を上げた。

「……ダメ、やめてください……っ」

途端、肌を辿《たど》る手がピタリととまる。

クレアは、すかさずその手をつかんで押しのけると、大きく息をつき、そっと目隠しを外した。

明るくなった視界に目がくらみ、菫《すみれ》色の目をパチパチとまたたいて、戻ってきた視界に映るのは二つ並んだ同じ顔。

「……どっちがどっちか、わかった？」

向かって右に立つ青年が、キュッと愉快そうに目を細める。

ぜんぜん、わからなかった――とは言えず、クレアが微《かす》かに息を乱したまま睨《にら》みつけると、右の青年はクスクスと笑いながら答えを口にした。

「あーあ、クレアったら、ダメだなぁ。最初にさわったのがリアム、二番目が私だよ？」

わざとらしく肩をすくめて楽しげに言うのは、きっと「兄のウィル」。

「顔が見えない方がきっと区別がつく、そう言いだしたのは君の方だったと思うが……芳《かんば》しくない結果で残念だったな」

唇の端を微《かす》かに上げ、少々皮肉げな口調で慰めの言葉――かどうかは怪しいが――をかけてくるのは「弟のリアム」だろう。

「……今ならば、わかります」

悔しまぎれにそう告げると、二人はそっと視線を交わし、何かを企むように頷きあった。

――「今わかったところで無駄だ」とでも思っているんでしょうね。

こうしてわかりやすく口調や表情で性格を出してくれれば区別がつくが、「本番の試験」では、きっとそのようなサービスはしてくれないだろう。

はあ、と思わず溜め息をこぼしたところに、双子の追い打ちがかかる。

「……まあ、見分けられないままでいてくれた方が、こちらとしては助かるがな」

「そうだね、おとなしく諦めて、私たち二人の女神になってよ」

皮肉屋のリアムの言葉に、軽薄なウィルの台詞が続く。

ムッとしたクレアは勢いよく顔を上げると、余裕綽々《しゃくしゃく》で見下ろす双子を睨《にら》みつけて――

「いいえ、必ず見分けてみせます！　絶対に！」

クレアが女神役を務めるフィリウスの祝祭、二十と七日後に行われる儀式までには必ず、できるようになってみせる。

男神役である二人に向かって、毅然とそう宣言したのだった。

第一章　絶対に負けられない戦い

双子との目隠しゲームから遡《さかのぼ》ること四日。

これから自分の人生が大きく変わることなど知る由もなく、クレアは、いつも通りに巫女《みこ》の仕事をこなしていた。

クレアの勤務先であり、居住場所でもあるアニマス神殿は、フィリウス王国の北西に聳《そび》える山を背にして建つ、四つの棟で構成される石造りの建物だ。

元は二千年も昔、山肌にできた天然の洞窟を祈祷《きとう》場所とした小さなものだったらしい。

やがてそこを本殿とし、いくつもの建物が建てられては壊され、紆余曲折を経て、今の形に落ちついたのが五百年ほど前。

現在は本殿であり洞窟と繋がる北殿、神官が住まう東殿、巫女《みこ》の住まいと遠方からの参拝者を泊める客室がある西殿、それから人々が自由に出入りできる拝殿である南殿。

その四つのエリアに分かれている。

北殿は王族のみが入れるエリアのため普段は使われておらず、クレアも神殿の巫女《みこ》となって三年が経つが足を踏み入れたことはない。

もっとも、入る必要もなかったからなのだが……

クレアの主な仕事は拝殿での信徒の応対。救いを求める人々に、偉大なる神々から賜《たまわ》った祝福を分け与えることだ。

アニマス神殿が祀《まつ》るイシクルとラヴァ。

仲睦まじい夫婦神《めおと》である二柱は二千年の昔、直系の子である「フィリウス」が生まれたときに、その祝いとしてすべての人の子に一人一人違った特別な力、「祝福」を授けたと言われている。

それは神々からの贈り物――「ギフト」と呼ばれ、「髪が人よりも早く伸びる」だとか「四つ葉のクローバーを一瞬で見つけられる」といったささやかなものから、「空中から水を出せる」「食べ物の腐敗を遅らせられる」といった生活に便利なものまで多岐にわたる。

その中でも、特に人々の役に立つ優れたギフトを持つ者は、神々の偉大さを人々に示すために、神官や巫女《みこ》として神殿に仕えるのが習わしとなっている。

クレアもそのうちの一人というわけだ。

クレアのギフトは「治癒」。

「祈りで人を治せる」という、わかりやすく便利な力だ。

ギフトが発現する時期は人によって違い、クレアの場合は十四歳の誕生日だった。

孤児院で年少の子がケーキを切り分けるときに指を切って大泣きし、それを治そうとしたことでギフトが発現した。

孤児院の院長はクレアのギフトを知って、すぐに神殿にクレアを売りこんでくれた。

後ろ盾がなく教育も充分に受けていない孤児が就《つ》ける仕事は限られている。

その中で神殿は一番と言っていい就職先だ。

きっと皆に大切にしてもらえる、一生食うに困らないだろうから――と。

そうして、クレアは十五歳で孤児院を出て、巫女《みこ》になったのだ。


「……では、お祈りを始めていきますね、スミスさん」

石壁に穿《うが》たれた窓から、部屋の中に茜色の陽ざしが差しこむ。

クレアは、向かいの寝椅子に腰を下ろした本日三十一人目の患者――信徒に向かって、やさしく微笑みかけた。

「は、はい、お願いします！」

フェルト帽を左手でつかんでペコリと頭を下げたのは、恰幅《かっぷく》の良い四十半ばの男。

土木職人のまとめ役をしているそうで、本人もこの道三十年の現役の大工だという。

重たい木材を扱うだけあって、白いシャツに包まれた肩も胸も大きく盛り上がっているが、その右手首から先は白い包帯で覆われている。

仕事中に崩れた資材の下敷きになり、潰されてしまったのだそうだ。

「……大変な目に遭《あ》いましたね」

「本当ですよ……何もしなくても痛いし、おまけにギフトまで使えなくなってしまって……」

「まあ、ギフトまで？」

「そうなんです！　……といっても、俺のは大したギフトじゃなくてですね、一カ月先までの天気がわかるっていうものなんですけど……それでも仕事柄、結構役に立ってたんですよ。ほら、いつ雨が降るかわかれば職人の手配だとか作業日程を組みやすくなるでしょう？」

「確かに、スミスさんのお仕事には大切なギフトですね」

「そうでしょう？」

男は誇らしげに頬をほころばせるが、すぐに悲痛な面持ちに変わって、シュンと肩を落とす。

「なのに利き腕もギフトもダメになったら……もう商売あがったりですよ」

「それは、さぞご不安だったでしょうね……ですが、もう大丈夫ですよ。すぐに治しますから！」

励ますように言いながら、クレアは座っていた丸椅子から立ちあがった。

身にまとった古式ゆかしい一枚布の装束の裾を押さえて、スッと膝をつく。

そして、手首から先にふれないよう注意しながら、そっと彼の腕をとり、目蓋《まぶた》を閉じた。

途端、視界が闇に染まる。

けれど、意識を研ぎ澄ませてみると、目蓋《まぶた》の向こう側が透けるように、先ほどまで見ていた光景が浮かび上がってくる。

けれど、実際の視界と違って、今、クレアが「見ている」彼の腕には包帯が巻かれていない。

白い包帯の代わりに見えるのは、腕にモヤモヤとまとわりつく赤黒い靄《もや》のような何か。

その人にふれて目をつむると、クレアにはその人の抱える怪我や病が靄《もや》となって見えるのだ。

――赤色が濃いわ……さぞ、お辛いでしょうね。

クレアは眉をひそめ、そっと溜め息をつく。

靄《もや》の赤色が濃いほど傷が新しく痛みが鮮明で、黒に近付くほど治しにくくはなるが、痛みは落ちついていることが多い。

少しでも早くこの苦痛を取りのぞいてあげたい。そう思い、クレアは祈りを捧げはじめた。

難しい祝詞《のりと》は必要なく、「痛いの痛いの飛んでいけ」くらいの言葉で充分。心から「この人の痛みや苦しみがなくなりますように」と願うだけで事足りる。

心の中で祈りを呟くと同時に、ドクンとクレアの鼓動が速まった。

心臓が脈打つごとに、拍動によって押しだされるように胸の中心から光があふれ、腕を伝って、男の腕に流れこんでいく。

やがて、光は彼の手首の先で渦巻く靄《もや》とぶつかった。

「――っ」

目蓋《まぶた》の向こうで、男がハッと息を呑む気配がする。

しばらくの間、光と靄《もや》はせめぎあい、やがて光に押し負けた靄《もや》がポロポロと崩れはじめる。

赤黒い靄《もや》を払い、白い光が五本の指の形を描きだしていく。

完全に靄《もや》が見えなくなったところで、そっとクレアが目蓋《まぶた》をひらくと、愕然と目を瞠《みは》る男と目が合った。

「……具合はいかがですか？」

ニコリとクレアが問いかけると、男はパチパチとまばたきをしてから、パッと自分の右腕に視線を落とし、急《せ》いた手付きで包帯をほどいて――「おお！」と歓声を上げる。

「すごい！　手が！　治った！　ああ、すごい！　俺の手だ！」

瞳を輝かせて何度も指をひらいては閉じて、それから、男は感極まったようにクレアの手を握り締めた。

「ありがとうございます……！　さすが……さすがは癒しの巫女《みこ》様だ！　何と御礼を言っていいか……あなたは俺や家族の恩人です！」

「いいえ、この力は偉大なる主がお与えくださったものですから。すべてはイシクル神とラヴァ神のお導きですわ！」

感謝の言葉を言い募る男に向かって、クレアはニコリと笑ってそう言い返した。


それから、さらに五人の治療をこなし、ようやくクレアは今日の分の仕事を終えた。

窓から差しこむ光は、いつの間にか青白い月光に変わっていた。

「うーん、今日もよく働い――わっ、と」

グッと伸びをしながら椅子から立ちあがったところで、くらりと立ちくらみが起きる。

慌てて踏みとどまり、胸を押さえて、ふう、と息をつく。

「……ちょっと今日は、ギフトを使いすぎちゃったかしら」

人数はいつもと変わらないが、靄《もや》の濃い人がいたせいか、いつもより疲労感が強い。

「全員治しおわるまで、もってよかったわ」

ギフトは、いつでも無限に使えるわけではない。

雨水を貯めた水がめから水を汲《く》みだすように、ギフトを使うと身体の中にある「何か」が減っていき、限界を超えると、以後、その「何か」がある程度貯まるまで発動しなくなるのだ。

他にも、ギフトが使えなくなる条件はいくつかある。

病や怪我を負っているときもそうだ。治るまでは使えない。

特に注意しなくてはいけないのが怪我で、身体の一部が欠損するなど修復不可能なレベルの怪我を負ってしまうと、二度とギフトが発動しなくなる。

今日治療したスミスという職人も、クレアの治療を受けなければギフトを失っていただろう。

——そうならなくて、何よりね。

世間話という名の問診の中で、彼は孫が生まれたばかりだと言っていた。

治った腕でバリバリ稼いで、孫ともたくさん遊べるだろう。

その光景を思いうかべて、ふふ、と頬をゆるめると、クレアは、よし、と気合いを入れ直す。

——よし、今日は早く寝て、明日もたくさん治すわよ！

そう心に決めたところで、「寝る前に、ご飯だよ」と言うように、くう、とおなかが鳴った。

クレアは反射のようにポンとおなかを押さえて、プッと一人で噴きだした。

——まあ、よく働いた証拠よね。

きっと今日は、いつもよりご飯が美味しいだろう。

早く食堂に行こうと、クレアは信徒用のひざ掛けやタオルを手早く畳んで片付け、グルリと部屋を見渡した。

クレアが与えられている仕事部屋は、入り口から反対の壁まで歩いて十歩もない小さな部屋だ。設備も、信徒用の寝椅子が一脚、そしてクレアが座る丸椅子が一脚あるきり。

それでも大部屋を衝立《ついたて》で仕切って働いている巫女《みこ》や神官もいるので、優遇されている方だろう。

――これもギフトのおかげね。

クレアの他にも治療系のギフトを持つ者がいないわけではない。ただ「咳止め専門」だったり「骨折専門」だったりと治せる範囲が決まっていて、クレアのように病も傷も区別なく治せるタイプは珍しいのだ。

少しばかり疲れるが衣食住に困ることもなく、人々の役にも立て、その上、担当した信徒の寄進《きしん》から、いくばくかを報酬として受け取ることができる。

クレアはそのほとんどを孤児院に送っていた。毎月院長が送ってくれる手紙で、子供たちの靴を新しくしただとか、ボロボロだった図書室の絵本を買い替えたと教えてもらうたびに、誇らしい気持ちになる。

――来月はもう少し多く仕送りができるように、もっともっと頑張らないとね！

そう気合いを入れると、クレアは明日に備えて腹ごしらえをするべく、仕事部屋を後にした。

参拝時間を過ぎているため、拝殿内には人影がほとんどない。

信徒はもちろん、神官や巫女《みこ》もそれぞれの殿に帰ったのだろう。

――私も早く帰ろうっと。

古めかしい太い石柱の間を抜け、二手に分かれた廊下に出たところで、左手の曲がり角の向こうから笑い声――いや、嗤《わら》い声が聞こえてきた。

「本当は双子なんだろう?」

「どっちが兄だ?」

耳に届いた言葉を理解するなり、クレアはパッと駆けだす。

サッと廊下を曲がって目に飛びこんできたのは、壁際で身を寄せあう十歳ほどの黒髪の少年二人と、それを囲む三人の男の姿。

皆、クレアとは違ったデザインの一枚布の装束をまとっている。

「こんばんは、皆さん、お疲れさまです!」

クレアは挨拶をしながら素早く三人の男――神官と二人の少年の間に割りこむと、少年たちを背に庇《かば》い、ニコリと笑みを作って神官たちに問いかけた。

「私の弟たちが何か、ご迷惑でもおかけしましたでしょうか?」

「……いや、別に」

「ちょっと、聞いてみただけだよ」

神官たちはクレアの笑顔に気圧《けお》されたように顔を背けると、そそくさと去っていった。

「……ルディ、ラディ、大丈夫?」

三人の姿が見えなくなったところで、くるりと振り向き、クレアは少年たちに声をかける。

俯いていた二人がおずおずと顔を上げる。二つの顔は、鏡に映したようによく似ていた。

「……うん、ありがとうクレアお姉ちゃん」

コクンと頷いたのは、兄のルディ。

「大丈夫だよ！　いつものことだし！」

キュッと小さな拳を握りしめて答えたのは、弟のラディ。

「でも、ラディ」

「ほんと、大丈夫だって！　こんなことくらいで、負けてられないよ！　なっ、ルディ！」

「うん。せっかく、クレアお姉ちゃんが神官見習いに推薦してくれたんだし……大丈夫だよ」

か細い声でルディが続ける。

クレアは「そう」と頷くと、パッと両手を広げ「偉いわ、二人とも！」と小さな頭をまとめて二つ、腕の中に閉じこめた。

そのままギュウギュウと抱きしめながら、励ますように声をかける。

「さあ、戻ってご飯よ！　明日も頑張るためにも、しっかり腹ごしらえしないとね！」

「……あ、ご飯は……ボク、もう食べたから……」

腕の中でルディがモゴモゴと呟く声がして、クレアは「え、もう？」と首を傾げかけて、すぐに彼の言葉の意味に気付いて眉尻を下げた。

「……ルディ」

そっと腕を離し、背をかがめて視線を合わせ、ニコリと微笑みかける。

「大丈夫よ」

「え？」

「気にしないで食べなさい！　年子で似た体格の兄弟なんて、たっくさんいるんだから！」

ポンと肩を叩いて告げると、ルディはパチリと目をみひらき、気まずそうに目を伏せた。

「ほらな、ルディ！　言っただろう、気にしすぎだって！　クレアに嘘をつくなんて最低だぞ！」

ルディの肩をギュッと抱き寄せて、ラディが怒ったように言う。

「う、うん。ごめんね、クレア」

しょんぼりと謝るルディにクレアは「いいのよ」と首を横に振る。

「謝らなくていいから、ご飯はちゃんと食べてね」

「……うん」

「よし、行こうぜ、ルディ！　俺、もうおなかペコペコだよ！」

「あ、うん、ごめん」

「いいから、行くぞ！」

ラディはグッと眉間に皺《しわ》を寄せてルディの手をつかむと、クレアにペコリと頭を下げた後、ぐいぐいとルディの手を引っぱって歩きはじめた。

「……遠慮しないで、おなかいっぱい食べるのよ！」

遠ざかっていく小さな背に呼びかけ、そのまま二人が見えなくなるまで見送ってから、クレアはそっと溜め息をこぼした。

——本当に、我慢なんてしないで、ちゃんと食べてくれるといいんだけれど。

ルディが「もう食べた」と嘘をついた理由はわかっている。

食事を抜くことで、ラディと体格の差をつけたいと思っているのだ。兄の自分の方が華奢だったとしても、あからさまにそっくりよりはましだと。

神殿の名簿には、二人は「年子の兄弟」として登録されている。

けれど、本当は双子なのだ。

十一年前にクレアが育った孤児院の前に、仲良く一つの籠《かご》に入れられ捨てられていた。

血の繋がりはなくても、クレアにとって一緒に育った二人は本当の弟のように大切な存在だ。

だから、孤児院長がクレアの幸せを願って神殿に売りこんでくれたように、クレアも二人の幸せを願って、昨年二人のギフトが発動してすぐ、神官見習いに推薦した。

ずっと一緒にいたい、離れたくないという二人の願いを叶えてあげたかったから。

――でも……やっぱり、この国で双子が一緒に生きていくのは難しいのね。

二人が神殿に入って一年が経つが、いまだに、あのようなことはなくならない。

――理不尽な話だわ。

クルリと踵《きびす》を返し、西殿に向かって歩きだしながら、クレアは心の中で憤る。

――たった二百年前に後付けされたタブーのせいで、こんな目に遭《あ》うなんて間違っているわよ！

夫婦《めおと》神の子が最初の王となったと伝えられている、フィリウス王家。

二百年の昔、その尊き血筋に双子の王子が生まれた。

どちらも甲乙つけがたく優れた王子だったが、それが仇となったのだ。

どちらを王にするべきか、廷臣《ていしん》の意見は真っ二つになり、あるとき、第二王子派の廷臣《ていしん》が第一王子に毒を盛るという事件が起こってしまった。

生死の境をさまよった第一王子は病の床から回復するなり、廷臣《ていしん》ではなく、弟である第二王子にその責を押しつけようとした。

「私が命じたわけではありません！」

「いや、おまえが私を殺させようとしたのだ！」

諍《いさか》いの果てに第一王子は剣を抜いて第二王子に斬りかかり、第二王子は片腕を失うこととなった。

そこからは正しく血で血を洗う争いがはじまり、政《まつりごと》もままならなくなり、国は荒れに荒れた。

やがて七年の月日が流れ、毒の後遺症によって第一王子が先に斃《たお》れた。

人々は喪《も》に服しながらも、ようやく国が落ち着くかと安堵した。

その矢先、第二王子の妃《きさき》が子を産んだ。

奇《く》しくもそれは双子だった。

第二王子は、揺りかごに二つ並んだ同じ顔を目にするなり、激昂したという。

「兄はどちらだ!?」と妃《きさき》を問い詰め、震えながら妃《きさき》が指差した方の足首をつかみあげた。

そしてバルコニーに出ると、王太子の誕生を祝いに王宮前広場に集まった民に向かって、その子を掲げ、宣言した。

「この国に双子はいらぬ！　双子は争いを招く！　国を亡《ほろ》ぼす呪いの子だ！　私は王として国を守らねばならぬ！　よって、この場でこの子を天に還す！」

そう言うなり、手にした子をバルコニーから投げ落とした。

人々の悲鳴とどよめきに混じって鈍い音が辺りに響きわたった後、第二王子は残った子を抱きしめて震える妃《きさき》に告げた。

「この国に新たな争いをもたらそうとしたおまえは我が妃《きさき》にふさわしくない。今、この場をもって離縁する」

その日から、この国で「双子」は忌避すべき存在となった。

第二王子が存命の間は双子で街を歩いていると、道行く人が「どちらが兄だ？」と問い詰め、兄の方を殺してしまう痛ましい事件が続いたという。

そのため、双子が生まれたらどちらかを、あるいは両方をまとめて捨てるか隠すかするのが慣例となり、二百年が経った今でも――さすがに双子で道を歩いていて、襲われるようなことはなくなったが――子捨ての慣習が残っているのだ。

双子は争いを招く、不吉な存在だ――という、呪いめいた根深い偏見とともに。

クレアは、そんな迷信を信じてなどいない。

長い歴史の中で、王家に生まれながら仲良く過ごした双子もいたはずだ。

たまたま二百年前の双子がそうでなかったというだけで、後の世にまで呪いとなって、罪もない子供たちが傷付くなんてバカげている。

――こんなくだらない迷信、早くなくなってしまえばいいのに！

そうすれば、ルディもラディも悲しい思いをしなくてすむ。

誰にも隠すこともごまかすこともなく、堂々と二人仲良く、自由に生きられるはずだ。

そんなことを考えながら、迷信を踏み潰すようにダンッと床を踏みしめると、クレアはまっすぐに前を見据えて、人気《ひとけ》のない廊下を進んでいった。

＊　＊　＊

腹が立っても、おなかは空く。

クレアは質素な夕食をきっちりとたいらげた後、食堂から自室に戻った。

古びた木の扉をあけ、簡素な寝台と書き物机と椅子、衣装箱が一つ置かれただけの小さな部屋に入り、後ろ手に扉を閉めた――その瞬間。

「――おかえり、クレア！」

何もない場所から、パッと見えないカーテンをめくるように黒髪の少女が現れ、クレアに抱きついてきた。

「あら、ミーガン、来ていたの？」

クレアは特に驚くこともなく、笑って少女――ミーガンを抱きとめた。

「ええ、もう一時間も前から！　あなたの部屋って本当に何にもないんですもの、退屈で死にそうだったわ！」

ミーガンは唇を尖《とが》らせると、マントのように肩にかけていたシーツを剥《は》がして、書き物机の前に置かれた椅子の背に投げた。

クレアはシーツを目で追い、それから数歩先にある寝台に視線を走らせて苦笑を浮かべる。

どうやら、シーツはあそこから持ってきたらしい。

——後で敷きなおさないといけないわね。

ミーガンに頼んだら嫌がるだろうから、自分でするほかない。

彼女の悪戯《いたずら》好きも困ったものだ。

もっとも、そういう子供っぽいところが可愛らしいといえば可愛らしいのだが。

「そう、ごめんなさいね、ミーガン。おもてなしできるものが何もなくて」

「あら、そういうつもりで言ったのではないのよ？」

ミーガンはハシバミ色の目をパチパチとまたたかせて、ニコリと笑顔になる。

「気にしないで、もてなしなんて期待していないわよ！　クレアにそんな余裕がないことくらい、わかっているから！　うんと節約して孤児院に仕送りしないといけないんですもの、大変よねぇ」

クレアの手を取り、気の毒そうに眉尻を下げるミーガンは、クレアと同じ巫女《みこ》の装束をまとってはいるが、境遇はまるで違う。

彼女は、この神殿を管理する神官長の娘なのだ。

少し子供っぽいところがあるが物怖じしない明るい性格で、クレアが神殿に入ったばかりの頃から何かとかまってくれ、神殿での過ごし方を教えてくれた。

年が同じということもあって、クレアにとっては何でも話せる親友のような存在だ。

「ふふ、そんな頑張り屋のクレアに私からのご褒美よ！　はい、どうぞ！　パパーン！」

効果音付きでミーガンが手の平を上にして掲げると、手品のように薔薇色の丸い小箱が現れる。

「薔薇の砂糖漬けですって！　一緒に食べましょう？」

そう言って、ミーガンは椅子を引き、ストンと腰を下ろした。

「まあ、ありがとう……でも」

クレアは礼を言いながらも、念のため尋ねる。

「神官長様の許可はいただいたの？　それ、信徒さんからの貢ぎ物でしょう？」

「え？　そうだけれど、いいじゃない別に。他にも貢ぎ物はたくさんあるんだし、お父様はお菓子を食べないし、こんなに小さかったら皆に配れもしないじゃない？」

「……まあ、それもそうね。ありがたくいただきましょうか」

苦笑を浮かべて頷くと、クレアはミーガンの前を通りすぎ、寝台に腰かけた。

ミーガンは「そうよそうよ」と楽しげに言いながら小箱にかかったリボンをほどく。それから蓋《ふた》をあけ、薄く雪を被ったような薔薇の砂糖漬けを一枚取りだすと、ひょいと口に放りこんだ。

カリッと小気味よい音が聞こえた次の瞬間、ちんまりと整った顔がくしゃりと歪《ゆが》む。

「っ、なにこれ、まっずい！」

叫ぶなり、ミーガンは舌を突きだし、クレアに助けを求めた。

「おええ、助けてクレア、まずすぎて飲みこめないー！」

「もう、ミーガンったら！　……はい、ここに出して」

クレアは慌てて寝台から立ち上がって衣装箱をあけ、ハンカチを取りだし、ミーガンに渡す。

ミーガンはパッとハンカチをひったくると、ぐいと舌を拭って畳み、クレアの手に戻した。

「ふう……ありがとう、クレア」

「いいえ、どういたしまして」

「あーあ。薔薇の砂糖漬けってもっと美味しいものだと思っていたのに……じゃりじゃりするし、においがきついし、甘すぎて、そんなにいいものじゃないのね……がっかりだわ！」

素直すぎる感想に、クレアは思わず噴きだしそうになるのを堪え、洗濯物を入れる籠《かご》にハンカチを放りこんでミーガンに微笑みかけた。

「お水、持ってきましょうか？」

「いいえ、大丈夫よ。部屋に帰るまでこのままでいいわ。ふふ、吐息が薔薇の香りっていうのは悪くないものね！」

ミーガンはクスクスと笑って砂糖漬けの小箱をクレアに渡し、はあ、と大きく息をついた。

「……ねえ、聞いてよ、クレア。お父様ったらね、今日もあなたを褒めていたのよ」

書き物机に頬杖をつき、唇を尖《とが》らせながら言われ、唐突な話題の変化にクレアは首を傾げる。

「神官長様が私を？」

「そうよ。クレアのおかげで熱心な信徒が増えてる、『癒しの巫女《みこ》』様様だって。私、ちょっぴり妬《や》けちゃったわ！　私のギフトだって、信徒の役に立っているのに！」

ミーガンのギフトは「隠蔽」。布をかけたように物体を見えなくする能力だ。

先ほどのシーツや小箱にも、そのギフトがかけられていた。

「この間だってね、『浪費家の妻が家宝を売り払おうとして困っている』って人が来たから、見えなくしてあげたのよ？　いいことをしたでしょう？」

「ええ、そうね」

「そうでしょう⁉」

机から身を起こし、ミーガンは得意げに胸を張る。

「すっごく喜んでくれてね、寄進《きしん》だってたくさんしてくれたし、その人の紹介で他の信徒も来てくれたんだから！　私、すっごく貢献しているわよね？」

褒めて褒めてと無邪気にねだる子供のような物言いに、クレアは思わず頬をゆるめる。

「ふふ、そうね。神官長様は、もっとあなたを褒めるべきね！」

「本当よ！　もう！」

ぷんと頬を膨らませてから、ふふっと笑うとミーガンはポンと手を叩いて「あっ、そういえば」とまた話題を変えた。

「ねえ、そろそろじゃない？」

ミーガンと話していて、コロコロと話題が変わるのはよくあることだ。

面食らうこともあるが、彼女の天真爛漫な性格ゆえなのだろうとクレアは肯定的に捉えるようにしている。

「まあ、何が？」とクレアが笑顔で尋ねると、ミーガンはキラリと瞳を輝かせて答えた。

「夏至《げし》まで後一カ月でしょう？　そろそろ女神役が選ばれる頃じゃない！」

「ああ……そういえば、そんな時期ね」

この国では夏至《げし》に二つの祝祭が行われる。

一つは毎年行われる建国祭。こちらは「アニマスの祝祭」と呼ばれている。

毎年その日は王都の広場にたくさんの屋台が立ち並び、一日限りの舞台が建てられ、様々な催しが行われる。

神殿でも建国を祝う式典を開催し、拝殿に飾られた女神と男神の像に大量のイチジクの実を供え、祈祷《きとう》の儀の後、信徒に配られる。

それを男女で分けあって食べることで愛を深めて、その証にも恵まれるとも言われ、子のない夫婦や恋人たちはこぞってその日に詣《まう》でるのだ。

そして、もう一つ、「フィリウスの祝祭」と呼ばれる祭りは、王太子が二十歳を迎えた年に行われる特別な儀礼だ。

神々の血を引くとされる次代の王が男神に扮し、女神役の乙女と共に、夏至《げし》のひと月前から俗世を離れて北殿にこもって身を清め、夏至《げし》の夜に本殿で祈りを捧げて国の繁栄を祈る。

女神役の乙女はそのまま男神――つまりは王太子の花嫁となって、八月一日、収穫祭の日に民にお披露目され、共に国を治めていくことになる。

つまり、実質的には「王太子の花嫁選びの儀」というわけだ。

「いったい、誰が選ばれるのかしら……！」

書き物机に肘をつき、窓から月を見上げてミーガンが溜め息をこぼす。

「ええ、本当に、誰が選ばれるのかしらね……」

女神役の乙女に身分の制限はない。

王太子が見初めた女性が選ばれることになっているため、フィリウスの祝祭が近付くと、町ゆく乙女たちは「もしかしたら……」と期待に胸をふくらませて過ごすことになるのだ。

クレアもありえないとは思いつつも、そんな妄想をしたことがないといえば嘘になる。

——だって、あんなにステキな方に選ばれたら、そりゃあ嬉しいもの！

当代の王太子ウィリアムは見た目の美しさだけでなく、その高潔な人柄や優れた能力もまた人々の敬愛を集めている。

名もなき民の声に耳を傾け、飢饉《ききん》や水害の際に惜しみなく援助を行うだけでなく、隣国との国境に盗賊団が出没したときには、自ら兵を率いての討伐までやってのけた。

まさに眉目秀麗、清廉潔白、文武両道。とにかく讃える言葉に事欠かない人物なのだ。

——おまけに、ギフトまで特別仕様だなんて……できすぎよ！

一人につき一つの祝福、一つのギフト。それが常識だ。

けれど、「ウィリアム」はこの国で、いやきっとこの世界でただ一人だけ、二つのギフトを——「探知」と「転移」を持って生まれてきた。

正に神々の特別な寵愛《ちょうあい》を受けた神の子、継承者《フィリウス》なのだ。

——そんな方に選ばれたら、本当に名誉なことよねぇ……まあ、私には縁のない話だけれど。

乙女の身分は問わないといっても、そんなものは建前だろう。

ある程度の家柄の娘から選ばれるに決まっている。

少なくとも、平民の両親から生まれ、孤児となったクレアにお鉢が回ってくることはないはずだ。

——むしろ、ミーガンの方がずっと可能性は高いわよね。

なにせ神官長の娘だ。血筋の確かさ、尊さはかなりのものだろう。

——もしもそうなったら、私は王太子妃様の友人になれるってことかしら？

それも名誉なことだと思いながら、クレアは窓から月を見上げているミーガンに尋ねた。

「どなたが選ばれるのか、神官長様から聞いていないの？」

「それがね、聞いたけれど教えてくれないのよ！　たとえ可愛い娘にだって教えられないって！

まったく、頭が固いわよねぇ！」

ミーガンはプンと頬をふくらませた後、その頬を押さえて、うっとりと遠くを見つめて溜め息をこぼした。

「……ああ、私が選ばれたらどうしましょう！　王太子妃なんて務まるかしら⁉」

「ふふ、あなたなら大丈夫よ」

「そう？　ありがとう！」

満足げに頷くと、ミーガンはまとった巫女《みこ》の装束に視線を落とし、にんまりと頬をゆるめる。

「楽しみだわ……王太子妃になったら、こんな冴えない服じゃなくて、きれいなドレスをたくさん着られるんでしょうね！」

「あら、ドレスなら、今でもたくさん持っているじゃない？」

巫女《みこ》や神官は昔ながらの一枚布の装束をまとう習わしだが、外出の際や休日には神殿外の人々と同じような装いをすることが許されている。

クレアも月に一度か二度、日用品の買い出しをするときにはドレス姿で出かけていく。

といっても、クレアの衣装箱には茶色と紺色、色違いの木綿のドレス――と呼ぶのもおこがましい質素な服――が二着あるきりで、その上に羽織るものを変えて気温の変化を乗りきっている。

けれど、ミーガンは季節ごと、見かけるたびに違うドレスをまとっているので、それなりの数がそろっているはずだ。

そう思って口にした言葉に、ミーガンは「まあ、クレアったら！」と眉をひそめた。

「わかっていないわねぇ！　ドレスはドレスでも、その辺の店で仕立てたドレスとお姫様のドレスでは格が違うじゃない！」

呆れたように言われ、その格下のドレスでさえろくに持っていないクレアは複雑な気持ちになりながらも、「まあ、そうね」と頷いた。

「確かに、お姫様のドレスには憧れるわよね」

「でしょう？　王太子妃になったらドレスも靴も、宝石だって、いくらでも選び放題よ？　いいわよねぇ！」

そう言ってミーガンはパッと立ち上がると、巫女《みこ》の装束の裾を摘《つ》まんでクルリと回り、クレアに片目をつむって笑いかけた。

「ねえ、クレア？　私が選ばれたら、あなたを侍女にしてあげるわね！」

「まあ、本当に？」

「そうよ！　上流階級の人たちはしきたりやマナーにうるさいから、クレアに王太子妃はちょっと荷が重すぎるけれど、侍女なら気楽になれるじゃない？」

悪戯《いたずら》っぽく告げられ、クレアは苦笑を返す。

「侍女も気楽にはなれないと思うけれど……でも、そうねぇ。私でも侍女なら務まるかもしれないわね。ありがとう、期待しているわ！」

「ええ、期待していて！　ふふ、うんとこき使ってあげるから！」

「もう、ミーガンったら！　どうか、お手やわらかにお願いします」

クスクスと笑いあっていると、不意にノックの音が響いて、クレアは扉の方を振り返る。

「はい」

かけた声に返ってきたのは、年嵩《としかさ》の巫女《みこ》の声だった。

「……クレア、神官長様がお呼びよ。拝殿に来るようにとのことです」

「え？　今ですか？」

「そうよ」

こんな時間に何の用だろう。クレアはミーガンと顔を見合わせ、首を傾げる。

「……治療を受けた信徒の方から、またクレームでも入ったのかしら？」

以前、一度だけだが、転倒して歯を折った幼子の治療をした後、「治してもらったはずなのに、まだ痛がっている！」と母親が深夜に怒鳴りこんできたことがあるのだ。

結局、クレアが治したところとは違う乳歯が抜けかけて痛みが出ていただけだったのだが、あのときはずいぶんと焦ったものだ。

「さあ？　わからないけれど、とりあえずいってくれれば？　治し忘れたところがあったら、治せばいいじゃない！」

ミーガンにポンと肩を叩いて励まされ、クレアは「そうね」と微笑んだ。

「ありがとう。いってくるわね」

「いってらっしゃい……というか、一緒に出ましょうよ。私も、もう帰るわ」

「そう、わかったわ。じゃあ、また明日ね」

「ええ、また明日」

そんな挨拶を交わして部屋を出て、ミーガンは自室へ、クレアは拝殿へと向かった。

＊＊＊

しんと静まり返った深夜の拝殿。

ずらりと並んだ太い石柱の奥、神々の姿を模《かたど》った像の前に跪《ひざまず》いて祈りを捧げる初老の男――神官長の後ろ姿を見つけて、クレアは足早に駆け寄った。

足音に気付き、白髪交じりの黒髪をなびかせて振り返った神官長が、ゆっくりと立ち上がる。

「ああ、クレア……呼びだしてすまないな」

「いえ、神官長さ――」

　言葉を返そうとしたところで、クレアは自分を見つめる神官長の瞳に、どこか哀れむような色が滲《にじ》んでいることに気が付いて、ドキリと鼓動が跳ねるのを感じた。

　その動揺を感じとったのだろう。

「クレア、安心しなさい。悪い話ではないよ」

　神官長は柔和《にゅうわ》な笑みを浮かべてなだめるようにそう言ってから、そっと口髭《くちひげ》を撫でつけ、厳《おごそ》かな口調でクレアに告げた。

「……女神役に君が選ばれた」

　クレアがその意味を理解するまで、まばたき三回分のときがかかった。

　女神役に、君が。女神役とは「フィリウスの祝祭」の女神役のことだろうか。それに選ばれた。ということは、つまり。

「わっ――」

　私が王太子妃なのですか――と叫びそうになり、慌てて両手で口を押さえる。

　そんなバカなという驚きと衝撃、こんな奇跡があるのかという感激と歓喜が胸を交差し、大声を上げたくなるが、浮かれるにはまだ早いと大きく息をつくと、クレアは声をひそめて尋ねた。

「あの、女神役とは、『フィリウスの祝祭』の女神役ということで間違いございませんか？」

「そうだ」

「本当に、私なのですか？」

孤児である自分が選ばれるなんて信じられない。

「ああ、君で間違いない」

しっかりと頷きながらも、神官長の顔色はどこか冴えない。クレアが選ばれたことが不満なのか、それとも別の気掛かりがあるのか。

ぐるりと思考を巡らせて、クレアは言葉を返す。

「それは光栄ですが……私よりも、ミーガンの方がふさわしいのでは？」

動機はちょっぴり不純かもしれないが、あれほど王太子妃になりたがっているのだから、父親である神官長も、きっとミーガンの望みを叶えてあげたいと思っているはずだ。

クレアとしても、抜け駆けのようなまねはしたくない。

——そうよ。私は王太子妃の侍女で充分だもの。

そう思って口にした言葉に、神官長はなぜか眉をひそめて首を横に振った。

「いや、君でなくてはいけない。殿下直々のご指名なのだ」

キッパリと告げられ、クレアはパチリと目をみひらく。

「王太子殿下の？」

「そうだ。君のギフト、癒しの力を見込んでのことだ。王族は何かと身の危険にさらされることも多い。君が傍にいてくれれば心強いだろう、との仰《おお》せだ」

「……ああ、そういうことでしたか」

それならばわからなくもない。当代の王と王妃の間にはウィリアム以外に子がいない。彼に何かがあれば、王家の血筋が途絶えてしまう恐れがある。

絶対に身罷《みまか》ってはならない立場の彼にとって、クレアのギフトは確かに有用だろう。

どうして自分なのかという疑問が解け、安堵――一欠片《かけら》の落胆も混ざっているかもしれないが――の息をついたところで、神官長が眉間の皺《しわ》を深めて口をひらいた。

「クレア、これは決して悪い話ではないはずだ」

「……と、言いますと？」

「君が王太子妃になれば孤児院は安泰だろう。ルディとラディの未来も保証される。ギフト目当てかと失望したかもしれないが――」

「っ、そんな！　失望などしていません！」

諭すように告げられ、クレアは慌ててかぶりを振った。

「自分が選ばれた理由がわかってホッとしただけです！　光栄なことだと思っております！」

「では、引き受けてくれるか？」

「もちろんです！」

グッと拳を握りしめて勢いよく答えると、神官長は「そうか」とホッとしたように頷いた。

「……それで、早速だが、君にはこのまま北殿に入ってもらうことになる」

「このまま？　今夜、これからすぐにですか？」

「そうだ。明日以降の信徒の予約は既に断って、他の者に割りふってある。特に持ちこみたい品もないだろう？」

「それは……はい、ありません」

確かに着の身着のままで移動したところで不自由はない。ないのだが……

「あの、できましたら、ルディとラディに私がいない理由をお話しいただいてもよろしいでしょうか？」

「わかった。心配しないよう、私から伝えておこう。……それから、君がいない間に妙なからかいを受けぬように目を配っておく」

神官長の言葉にクレアはハッと目を瞠《みは》り、深々と頭を下げる。

「っ、ありがとうございます。よろしくお願いいたします！」

「いや、それくらいは当然のことだ。……では、北殿に移る前にフィリウスの祝祭について説明しておこう」

「……説明ですか？　これから一カ月、王太子殿下と北殿にこもって身を清め、夏至《げし》の夜に本殿で祈りを捧げるのですよね？」

そう尋ねると、神官長は苦笑を浮かべて「確かにそうだが」と前置きをした後、語りはじめた。

「フィリウスの祝祭」で男神役と女神役が本当は何をするのか。

公にはなっていない、秘められた真実を。

遥か昔、夫婦《めおと》神イシクルとラヴァは愛を交わし、この国の祖となる者を生《な》した。

「フィリウスの祝祭」では、それを模して、男神役である王太子と女神役に選ばれた乙女が本殿で愛を交わし、祈りを捧げ、フィリウス王国の繁栄を祈るのだ――と。

「……つまり、儀式として、その……王太子殿下と……本殿でそのようなことをする、ということでしょうか？」

尋ねるクレアの声が戸惑いと羞恥に震える。

「……そうだ。その夜に宿った子は神の加護を持ち、優れた王になると言われている」

お披露目が夏至《げし》からおよそひと月半後の収穫祭の日に定められているのは、身ごもったかどうか判る時期だからなのだそうだ。

「……だから……女神役が花嫁になるのですね」

「そうだ」

神官長は厳《おごそ》かに頷くと、続いて「北殿にこもる意味」について語った。

表向きは「俗世を離れて身を清める」という名目になっているが、実際は滞りなく祝祭の儀――つまりは性行為が行えるよう、男神役と女神役が交流を深めるための準備期間なのだと。

「……交流を深める準備期間ということは……その、ひと月の間に色々とその、心と身体の準備として、そのような行為もしたりするのでしょうか……？」

ますます羞恥に震える声でクレアが尋ねると、神官長はどこか気まずそう――見ようによっては後ろめたげに眉をひそめて頷いた。

「……おそらくは」

「……さようでございますか」

ポツリと答えて、クレアは頬を押さえる。

手のひらに伝わってくる体温は自分でもわかるほど熱い。

つまり、この一カ月は、男神役と女神役が心身ともに近付くための蜜月期間ということだ。

俗世を離れて身を清めるというから、てっきり断食や沐浴《もくよく》でもするのかと思っていたのだが、とんだ勘違いだった。

――清らかどころか、生々しいことこの上ないわ……！

真っ赤になっているクレアに、神官長は咳払いをひとつすると、そのような期間を設けることになった理由を告げた。

祝祭が始まった当初は、夏至《げし》の日に初めて男神役と女神役が顔を合わせていたそうだ。

けれど、何代か前に女神役に選出された乙女が、儀式の最中に緊張と混乱のあまり、過呼吸に陥り失神してしまったとかで、あらかじめ交流を深める期間が必要だろう、となったらしい。

――ま、まあ、確かに……私も今夜いきなり「しろ」と言われたら、パニックにならない自信はないわね！

神聖な――と言っていいのか疑問だが――儀式で失敗するわけにはいかない。

一カ月の準備期間をもらえるのは、素直にありがたく思うべきだろう。

「そういうことだが……クレア、頼んだぞ」

「……わかりました」

すべてを聞いた上で頷くのは堪らなく恥ずかしかったが、クレアはしっかりと顔を上げ答えた。

「フィリウス王国のため、精一杯務めさせていただきます」

ミーガンには申しわけないが、せっかく、ギフトを見込んでもらえたのだ。

孤児院の子供たちやルディとラディのためにも、期待に応えられるように頑張りたい。

——大丈夫、きっとやりとげられるわ……！

心の中で自分を励ましながら、クレアは神官長に連れられ、北殿に向かうこととなった。

＊　＊　＊

初めて足を踏み入れた北殿——通された「乙女の間」は、クレアが暮らす西殿とはまるで別世界のように、きらびやかに整えられていた。

建物自体は同じ時代に建てられ、同じ石材で造られているはずだ。

けれど、壁は真っ白に塗られて美しいタペストリーで覆われ、滑《なめ》らかな板張りの床には、精緻《せいち》なメダリオン柄が描かれた深紅の絨毯《じゅうたん》が敷かれている。

高い天井からは豪奢なシャンデリアが重たげにぶら下がり、無数に枝分かれした先に灯《とも》る蝋燭の炎が、シャラシャラと揺れるクリスタルに反射して室内をまばゆく照らす。

暖炉も西殿の食堂にあるような四角い石の塊ではなく、純白のマントルピースには美しい装飾がなされ、暖炉の上にかけられた鏡の縁《ふち》には、金色のイチジクの実と葉が浮き彫りにされていた。

家具も一目で上等だとわかる品ばかりだった。

深紅の天蓋《てんがい》を戴《いただ》く四柱式の寝台、衣装箪笥《ワードローブ》に化粧台、象嵌細工《ぞうがんざいく》が施され、四つの足が優美な弧を描く猫足のテーブルセット。

高貴な人々が使うのにふさわしい品々が、品よく配置され、使われるときを待っている。

浴室やレストルームは覗いていないが、きっと同じように美しく整えられていることだろう。

――すごい……これから一カ月、ここで過ごすのね。

祝祭までの間、この部屋で。

――ここで、王太子殿下と……二人きりで。

神官長からは、彼が来るまでここで待つようにと言われている。

これから起こること、この部屋で、本殿でしなくてはならない「こと」を考えると、緊張と羞恥のあまり足が震えて逃げだしたくなる。

それでも、ずっと憧れていた人に会えるのだと、叶うはずがないと思っていた初恋の人の花嫁になれるのだと思うと、甘酸っぱい期待に胸が高鳴るのを抑えられなかった。

ギュッと胸を押さえては、ついた皺《しわ》をそっと撫でつけて直してを繰り返し、そわそわと扉の前を行ったり来たりしていると、廊下を近付いてくる足音が耳に届いた。

――き、来た！

心の中で叫びながら、弾かれたように振り返る。

サッと手櫛《てぐし》で髪を整え、装束の皺《しわ》を撫でつけ背すじを伸ばし、扉を見つめて待ちかまえる。

高まる緊張と期待で鼓動が速まり、耳の奥でドクドクと激しい音を立てる。

それに気を取られ、クレアは近付いてくる足音の持つ「違和感」に気が付かなかった。

やがて、ノックの音が鳴り響く。

「っ、どうぞ！　お入りください！」

クレアは緊張で強ばる舌を動かし、叫ぶように声をかけた。

若干声が裏返ってしまった気がするが、「どうか呆れられていませんように！」と祈りながら、姿勢を正して彼《か》の人の入室を待つ。

ゆっくりと扉がひらき、深い青の上着の裾をひるがえして現れたその人を目にした瞬間、クレアは呼吸を忘れた。

――まぶしい……！

遠目には何度か見ていたから、少しは慣れていると思っていた。

けれど、こうして間近で目にした今、その存在の麗しさに圧倒される。

――本当に男神のよう……宗教画から抜けだしてきたみたいだわ！

シャンデリアの光を受けてサラリと艶《つや》めく白金の髪、シミひとつない滑《なめ》らかな肌。

凛々しい眉に切れ長の目、スッと通った鼻梁《びりょう》、ゆるく弧を描く唇は、画家があらん限りの理想をこめて描いたように美しく配置されている。

どれくらいの間、言葉も呼吸も忘れ、ただ目をみひらいて見入っていたか。

ずいぶんと長い時間が経った気もするが、もしかするとほんの数秒のことだったかもしれない。

その間ずっとウィリアムは無遠慮な視線にも眉をひそめることなく、それどころかクレアの緊張をほどこうとするように、澄んだ空色の目を細めて微笑みかけてきた。

「クレア」

ほどよく低く、凛とした威厳を感じさせながらも、やわらかく耳に響く。

そんな声で名を呼ばれ、クレアの鼓動がトクンと跳ねる。

ハッと反射のように息を吸いこんで、そこでようやく、クレアは自分がとてつもなく失礼な真似をしていることに気が付いた。

王太子の前で名乗りもせず、頭も下げず、穴があくほどジロジロとながめ回していたことに。

サッと血の気が引き、次いでカアッと一気に頭に血が昇って――

「女神役を引き受けてくれてありがとう。私――」

「ご挨拶が遅れて申しわけございません！　クレア・ファウンドと申します！　この度は女神役にご指名いただき誠にありがたく、恐悦至極に存じます！　フィリウス王国のため、偉大なるイシクル神とラヴァ神のため、誠心誠意務めさせていただきますっ！」

クレアは目の前の青年の言葉を遮るように、今さらな自己紹介と挨拶の言葉をぶちかまし、シュパッと膝につきそうな勢いで頭を下げた。

そうしてしまってから、心の中で悲鳴を上げる。

――あぁ、今、明らかに私、殿下のお言葉を遮ったわよね⁉

重ね重ねの無礼に呆れられたに違いない。

もうこのまま顔を上げず、退室してしまいたい。

冷や汗をかきつつ、そんなことを考えていると、ふ、と彼が小さく笑う気配がした。

「……そんなに畏《かしこ》まる必要はない。落ちついて、顔を上げてくれ」

促す響きはやわらかく、そこに怒りや呆れの色が含まれていないことに気付いて、クレアはホッと安堵の息をつく。

「……ありがとうございます」

おずおずと答えて、顔を上げようとしたそのとき。

「そうだよ、私たちは夫婦になるのだから！」

目の前に立つ「ウィリアム」の背後から聞こえた「ウィリアム」の声に、クレアは「えっ⁉」と弾かれたように顔を上げ、パチリと目をみひらいた。

視界に飛びこんできたのは、こちらに向かって微笑むまばゆいほどに美しい青年と、その一歩奥から同じように——いや、まったく同じ顔と笑みを浮かべる、もう一人の青年の姿だった。

「あはは、すごい！　目がまんまる！　きれいなお目々がこぼれ落ちちゃいそうだね！」

楽しげな笑い声を立てた奥側のウィリアムが一歩前に出て、手前のウィリアムの隣——クレアから見て右手に並ぶ。

「……落ちたら拾ってやれ。おまえが驚かせたせいだ」

手前の、いや、今は左側のというべきだろうか——とにかく最初に話した方のウィリアムが片眉を上げ、二番目に出てきたウィリアムを横目で睨《にら》む。

「え？　私のせい？」

「そうだ。まだ出てくるなと言っただろう、先に私が説明をするからと――」

ポンポンと言葉を交わす二人を見て、目の前の光景は目の錯覚でも夢でも幻でもないのだとようやく理解し、クレアはまたしてもウィリアムの言葉を遮って、叫ぶように尋ねた。

「ウィリアム様は双子だったのですか!?」

思ったより大きな声が出てしまったせいか、二人のウィリアムはそろってパチリと目を瞠《みは》り、それから、向かって左手に立つウィリアムが落ちついた笑みを浮かべて頷いた。

「そうだ。私たちは双子だ。本当の名はウィルとリアム。二人でウィリアムの名を分けあい、一人二役ならぬ二人一役で王太子の役を務めてきたのだ」

「……では、ギフトも」

「当然、一人一つだ」

つまり、一人で二つのギフトを持っているわけではなく、双子の片方が「探知」を、もう片方が「転移」のギフトを持っているということなのだろう。

――何だ……そうだったのね。

二つのギフトを持つ「神の子」などいない。「ウィリアム」は特別な存在ではなかったのだ。

奇跡だと信じて憧れていたものが、「ただの手品だった」と種明かしをされたようで、クレアは何ともいえない心地になる。

そんな落胆が顔に出てしまったのだろう。

二人は一瞬顔を見合わせると、右手に立つウィリアムがひょいとおどけるように肩をすくめ、

「いやだなぁ」と笑いかけてきた。

「そんなにがっかりしないでよ！　この顔、好きでしょう？」

「え？　それは……」

「そうだな。数はともかく、私たちの容姿は君好みだろう？　神殿に来るたび、柱の陰から覗いていたものな」

左のウィリアムが唇の端をつり上げて口にした言葉に、クレアの頬はカッと熱くなる。

「っ、気付いてらしたのですか⁉」

「ああ。あれだけ熱心に見つめられれば、嫌でも気付く」

「そうだよ。それなのに振り向くと、いっつもすぐに隠れちゃってさ。遠慮せずに声をかけてくれたら、いつでも喜んで仲良くしてあげたのにね！」

「――っ」

愉《たの》しげに肩を揺らしながらかけられた言葉に滲《にじ》む揶揄《やゆ》を感じ取り、クレアは、途方もない羞恥に混じって、腹の底からふつふつと怒りがこみあげるのを感じた。

――仲良くしてやるって何よ？　いつでも遊んでやろうと思っていたってこと⁉

後ろ盾のないクレアならば遊びで手を出しても、兄弟で弄《もてあそ》んでもかまわないとでも思っていたのだろうか。

双子の秘密を知られたところで、いざとなれば簡単に黙らせられるはずだ、とでも。

――こんな人、いえ、こんな人たちだなんて思わなかった！

理想の王子様に選ばれたのだと舞い上がっていた自分が情けない。

――孤児だからってバカにして！　冗談じゃないわよ！

クレアはグッと拳を握りしめ、口をひらきかけて、そっとつぐむ。

――それでも、断るわけにはいかないでしょうね。

身分差というのは抗いがたい残酷なものだ。

相手は王太子。ここで感情に任せて拒絶したら、孤児院の子供たちに累《るい》が及ぶかもしれない。

神官長が言っていたではないか。

君が王太子妃になれば孤児院は安泰だろう。ルディとラディの未来も保証される――と。

裏を返せば、孤児院の一つや二つ、簡単に潰してしまえるということだ。

神官長はミーガンならまだしも、孤児のクレアを王家と対立してまで守ってはくれないだろう。

こうして肝心なことを伏せて承諾させるくらいなのだから。

――いいわ……結婚は、する。

今さら逃げられないのなら、腹をくくるほかない。ギフトも貞操も捧げよう。

それで孤児院の子供たちの暮らしが豊かになるのなら、それくらい安いものだ。

ただ、それでも――重婚はしたくない。

この国では、資産のある家に嫁いできた妻が夫に先立たれた場合、資産が外に出ていくのを防ぐため、残された妻を夫の兄弟が娶《めと》ることはさほど珍しくない。

また、妻が家督を継いだ家で、婿入りした夫との間に子が望めないなど「特別な事情」があれば、夫が存命であっても神殿の許可を得て、夫の兄弟を二人目の夫とすることが認められる。

けれど、夫が元気なうちから兄弟と番《つが》った事例は聞いたことがない。

――二人の男に弄《もてあそ》ばれるなんて嫌よ！

どれほど美しくても、妻となる女性を揶揄《やゆ》するような男たちに共有されるのはごめんだ。

断れないのはわかっていても、素直に応じてやりたくない。

一矢くらいは報いたい。

クレアはスッと背筋を正すと、薄笑いを浮かべてこちらをながめているウィリアムたちを交互に見つめてから、二人に向かって尋ねた。

「……結婚するのはどちらかお一人と、というわけにはいきませんか？」

途端、二つ並んだ笑みが強ばる。

一呼吸の間を置いて、左のウィリアムがゆっくりとまばたきをして笑みを消し、静かに問いかけてきた。

「二人一緒は……私たち二人の妻になるのは嫌ということか？」

「……できれば、お一人と添い遂げたいです」

そうクレアが答えると、左のウィリアムは「そうか」と呟き、眉間に皺《しわ》を寄せて黙りこんだ。

ふざけるなと怒られるだろうか。

緊張と不安で胃の辺りが重くなるが、きゅっと口元を引き締め、クレアはウィリアムたちの答えを待った。

痛いほどの沈黙の後、やがて左のウィリアムが再び口をひらいて――

「わか――」

「ねえ、クレア。今、私たちの区別がつくかい？」

片割れの台詞を遮って、右のウィリアムが挑むような視線と共に尋ねた。

「……いいえ」

突然何なのだろう。クレアが訝《いぶか》しみながら首を横に振ると、右のウィリアムはニッと目を細めて言い放った。

「見分けがつかないんだったら、一人でも二人でも一緒じゃない？」

「はい!?　そんなわけ――」

バカにしているのだろうか。クレアはグッと眉間に皺《しわ》を寄せて口をひらくが、口にしようとした抗議の言葉は「ねえ、こうしようよ！」という朗らかな声に遮られた。

「賭けをしよう？　祝祭までに君が私たちを見分けられるようになったら、君の勝ち！　どちらか一人を選んでいい。でも見分けられなかったら、私たちの勝ちってことで、二人とも夫にして？」

「二人とも？」

「そう、二人とも！」

右のウィリアムが笑みを深めてそう繰り返したところで、黙りこんでいた左のウィリアムが口をひらいた。

「……君が勝負を受けてくれるのならば、勝っても負けても参加賞代わりに褒美をやろう」

「褒美？」

「ああ。私たち二人と結婚したとしても、君の前に二人そろって現れないと約束してやる。昼も、夜もな。そうすれば、君も少しは気が楽だろう？」

唇の端を皮肉げにつり上げてなされた提案に、クレアは眉をひそめる。

「……そのような結婚生活でよろしいのですか？」

クレアの問いに左のウィリアムは無言で頷き、右のウィリアムはニコリと笑って答える。

「うん、よろしいよ？　二人一役には慣れているからね！」

「……そうなのですか」

そこまで譲歩してくれるというのならば、挑戦してみる価値はあるだろう。

「……わかりました。その勝負、お受けいたします！」

クレアがそう答えると「よし、決まりだね！」と右のウィリアムがポンと手を叩き、嬉しげに声を上げた。

「じゃあ、勝負は一カ月後ね！　本殿に入る前に神官長と会うから、そのときに、彼の前で見分けてみせて？　君が夫にしたい方の手を取って、名前を呼ぶんだ。当たっていれば、そいつが君の夫になるからさ」

「はい」

「よし、私はウィルだよ」

右のウィリアムが名乗り、一瞬の間を置いて左のウィリアムが続く。

「……私はリアムだ」

「ウィル様にリアム様ですね。どうぞよろしくお願いいたします」

深々と頭を垂れながら、クレアは心の中で威勢よく宣言した。

——見てらっしゃい！　絶対に見分けてみせるんだから！

勝ったところで本当に一人を選ばせてくれるかはわからないが、それでも挑まれた以上は勝ちたい。勝って、一泡吹かせてやりたい。

フィリウスの祝祭まで、一カ月。

今この瞬間、クレアの絶対に負けられない戦いが始まったのだった。

第二章　皮肉屋のウィリアムと軽薄なウィリアム

色々なことがありすぎて、とても眠れそうにない——そう思ってはいたものの、なんだかんだで疲れていたのだろう。

それとも、あてがわれた寝台がクレアの十八年の人生で、史上最高の寝心地だったせいか。

浴室で汗を流した後、用意されていたリネンの膝丈のシフトドレスをまとい、寝台に横たわった途端、吸いこまれるように眠りに落ちていた。

そして、翌朝。

いつもよりもだいぶ遅く目覚めたクレアは、慌てて身支度をしようと衣装箪笥《ワードローブ》をあけて、途方に暮れることとなった。

両びらきの扉をあけた中にも引き出しにも、いつもの巫女《みこ》装束は入っておらず、代わりにいくつものパーツに分かれた上等なドレスが入っていたのだ。

「……どうしよう……これ、どうやって着ればいいの？」

クレアが持っている二着きりのドレスは、どちらも頭から被って袖を通し、前のボタンをとめるだけのシンプルなワンピースタイプだ。

このように凝《こ》ったドレスをまとったご婦人を見たことはあっても、自分で着たことなどなかった。ひとまずストッキングだけは履いたものの、そこから先はどうしていいのかわからない。

「とりあえず、この上からコルセットを着けるのよね？　でも……」

幾本もの鯨骨《くじらぼね》が縫いこまれた鎧のようなコルセットは、どれも背中で編み上げを締めるタイプで、前で締めるものは見当たらなかった。

コルセットなしで着られないかと、ひとまず目に留まった青いドレスを取りだしてみる。

艶《つや》やかなシルクサテンの手ざわりにうっとりしつつ、前あきのロングコートのようなそれに袖を通し、前を合わせようとして「えっ？」と戸惑う。

明らかにパーツが足りない。

正面から見て左右で繋がっているのはウエスト部分だけで、胸元もスカート部分も前がまったく閉じておらず、下に着ているシフトドレスが丸見えだ。

「……あ、そうか。胸当てとスカート部分が別にあるのね」

以前、治療にあたったご婦人がまとっていたドレスを思い起こしながら、ごそごそと引き出しを探ると、ほどなく目当てのパーツが見つかった。

「あった！　これだわ！　胸の隙間を埋めるやつ！」

愛らしいリボンが梯子《はしご》状に並び、瀟洒《しょうしゃ》なレースが縁《ふち》に縫いつけられた逆三角形のパーツ――ストマッカーを手に取って、クレアは歓声を上げる。

「でも……これ、どうやって着けるの？」

ストマッカーには左右に四対の小さなタブがあるものの、ボタンもフックもついていない。

ひとまず胸の空き部分に差しこんでみたが、当然、するりと落ちていくだけだ。

さらに引き出しを探ると使えそうなピンが見つかったが、どうやって留めればいいのだろう。

シフトドレスに留めてもドレスに留めても、少し身体をひねるだけで肌に刺さってしまいそうだ。

半端にドレスを羽織ったまま途方にくれていると、不意にノックの音が響いた。

「……クレア、起きているか？」

「あっ、はい！　おはようございます！」

聞こえたのはウィル――いや、リアムだろうか、とにかく双子の声だった。

「おはよう、クレア。朝食の準備ができたよ。冷めちゃう前に食べよう？」

え、とクレアは目を瞠《みは》り、そういえば、と思いだす。

昨夜、神官長から説明を受けたのだ。

北殿にこもる間、食事などは北殿の入り口に届けるから受けとるようにと。

この北殿にも厨房は備え付けられていて、月に一度、ウィリアムが祈りに来るときには王室お抱えの料理人が、そこで料理をするらしい。

けれど、このひと月の間は「俗世の穢《けが》れを入れない」ために、女神役と男神役以外の人間が北殿に立ち入ることは禁じられているため、料理人が入れない。

そのため、外で作った食事が朝昼晩の三回、北殿の入り口にサービングカートで届けられることになっているのだ。

――大変、今朝の分は、もう届いていたのね……！

それを自分が寝過ごしている間にウィリアムたちが取りにいったのだと気付いて、クレアは勢いよく立ち上がった。

いくら腹が立つ相手でも、王太子にそのような雑用をさせるなんて――

「申しわけございません！　今、参ります！」

慌ててドレスから腕を抜きながら、ハッと気付く。

――そうだわ。これを着なきゃいけないとは限らないじゃない。

いつもの巫女《みこ》装束をもらえばいいだけだ。

もしくは、クレアが見つけられなかっただけで、部屋のどこかに置いてあるのかもしれない。

「あの、申しわけないのですが着替えがまだでして、私の服がどこにあるかご存知でしょうか？」

扉に駆けよって尋ねると、のんびりとした声が返ってくる。

「あれ？　服なら衣装箪笥《ワードローブ》の中に入っているはずだけれど、なかった？」

「……やはり、あれは私の服なのですか？」

「うん、そうだよ」

「私たちが着るには小さいと思うがな」

サラリと後から付け加えられた嫌味じみた言葉に、クレアは思わずムッとなって言い返す。

「っ、それはそうかもしれませんが、私、あのようなドレスは着たことがありませんので、あれを着ろと言われても困ります！」

だから、いつもの装束を返してほしいと続けようとして「大丈夫だよ、私たちが手伝うから！」という朗らかな声に遮られた。

「え？　て、手伝うとは？」

予想外の発言に戸惑い、問う声が上ずる。

「そのままの意味だよ。クレア、君はドレスを着る機会があまりなかったでしょう？」

「は、はい」

「でも、王太子妃になれば、毎日ドレスで過ごすことになるからね。今のうちに身体を慣らして、ドレスを着ての立ち居振る舞いなんかも覚えておいた方がいいと思うんだ」

「それはそうかもしれませんが、だからといって……」

「クレア。その話は後にして、まずは朝食にしよう。いい加減、冷めてしまう。君が冷めた食事の方が好みだと言うのならば、それはそれでかまわないがな」

チクリと皮肉を言われて、クレアは憮然としながらも言い返す。

「ですが、支度ができておりませんので、このような姿で王太子殿下の前に出ては失礼かと」

「このような姿がどのような姿かはわからないが、上にガウンを羽織ればいい。少なくとも私たちは気にしない」

「ふふ、つまりは誰も気にしないから早く出ておいでってことだよ、クレア！」

皮肉げな提案に朗らかな補足が加わる。

「おなかすいたでしょう？　焼きたてのクレセントロールが届いているから、パリパリで熱々の内に食べよう？」

そんな食欲をくすぐる誘い文句に、くう、とおなかが鳴ってしまって。

クレアは気恥ずかしさに頬を染めつつ、「まあ、寝坊した私が悪いのだし……」と自分を納得させると「わかりました。今、参ります」と答え、ガウンを取りに寝台へと走った。

＊　＊　＊

朝食室――贅沢にも北殿には朝食を取るためだけの部屋があるのだ――に入り、促されるままに長テーブルの一番奥、孤児院時代でいうところの「お誕生日席」にクレアが腰を下ろすと、二人のウィリアムは左右に分かれ、クレアの斜め向かいの椅子を引いて着席した。

「……さて、いただくとしよう」

クレアから向かって左に座したウィリアムが厳《おごそ》かに宣言し、クレアは食卓に視線を向ける。

そして、口には出さなかったが、心の中で小さく歓声を上げた。

――美味しそう……！

パンとショコラと茹で卵。

文字にすればささやかでシンプルなメニューだが、どれも上等で実に美味しそうだった。

三日月型というには太目なクレセントロールはムッチリと膨らみ、焼き色も鮮やかで、ふわりと漂ってくるバターの香りが鼻をくすぐる。

華奢《きゃしゃ》な持ち手のついた真っ白なカップからは、ショコラの甘い香りとほのかなオレンジの香りと共に白い湯気が立ちのぼる。

縁《ふち》に金彩《きんだみ》をほどこしたエッグスタンドに鎮座する殻付きの卵さえも、今まで見た中で一番堂々として見えた。

――やっぱり、使っている素材が違うのでしょうね。

スライスしたパンと豆のポタージュという普段の神殿の朝食にも決して不満はないが、それでも王族が食す朝食はいったいどんな味がするのだろうと、期待に胸が高鳴ってしまう。

「……ふふ、クレア。足りなかったらお代わりも頼めるから、たくさん食べなね」

右手からかけられたほのぼのとした声に、純白の卵に見入っていたクレアはハッと我に返る。

「っ、大丈夫です！　こちらで充分ですわ、いただきます！」

いったい自分はどんな顔をしていたのだろう。

よだれなんて垂らしてないといいんだけれど――と思いつつ、クレセントロールに手を伸ばして、一口サイズに千切《ちぎ》る。

その途端、パリッとした手応えと共に、ふわりと香ばしい匂いが漂い、クレアは目を細めた。

そっと口に運んで頬張り、カリリと噛みしめると、心地好い歯ごたえの後、バターの甘味と塩味がじんわりと広がり、その奥から小麦の力強く香ばしい味わいが滲《にじ》み出てくる。

――思った通り、いえ、思った以上に美味しい……！

ふにゃりと頬がゆるみそうになるのをグッと堪えつつ、モグモグと味わい、コクンと飲みこむ。

——ああ、美味しい。ルディとラディにも、いえ、孤児院の皆にも食べさせてあげたいわ！

控えめに感嘆の吐息をこぼしつつ、次いで、クレアはエッグスタンドに手を伸ばす。

そして、金彩《きんだみ》で縁《ふち》どられた器から茹で卵を摘《つ》まみあげ、コンとテーブルにぶつけようとして——

視界の端にチラリと映ったものに、ピタリと手をとめた。

そろそろと顔を上げて目にしたのは、エッグスタンドに置かれたままの卵に銀のスプーンを差しこむウィリアムたちの姿。

卵は殻の天辺《てっぺん》だけが取り去られ、彼らは、そこから中身をすくって食しているようだった。

クレアの視線に気付いた右のウィリアムが首を巡らせ、クレアの手にした卵に目を留めて、一瞬目を瞠《みは》った後、ニコリと微笑んだ。

「ああ、ごめん、言い忘れていたね。半熟だから、スプーンで食べた方がいいと思うよ！」

「……そうだな。固茹で卵は額で割るのが一等美味だと聞くが、これはそれに向かないだろう」

左のウィリアムからも静かに指摘され、頬がカッと熱くなった。

——ああ、本当はスプーンで食べるのね……！

孤児院では子供たちが落としても大丈夫なように卵は固く茹でるのが当然で、ときには食卓の上をびゅんびゅんと飛びかっていた。

だから、クレアにとって「茹で卵は叩いて割る」のが普通だったのだ。

——育ちが悪いと思われたでしょうね。

どんなに威勢のいいことを言っていても所詮は孤児か、と呆れたことだろう。

「……作法を知らず、申しわけありません」

クレアは悔しさと恥ずかしさを堪え、そっと目を伏せた。

「……知らないならば、知ればいいだけだ」

「え？」

ボソリと左手から響いた言葉に顔を上げると、右手から朗らかな声が飛んでくる。

「そうだよ、クレア。卵の食べ方だけじゃない。先ほどの服の話も含めて、この一カ月は私たちが親睦を深めるための蜜月ではあるけれど、君の準備期間でもあるんだよ？」

「準備期間、ですか？」

「そう、王太子妃になるためのね！」

ニコリと告げられ、クレアはパチリと目を瞠《みは》る。

確かに、孤児のクレアが本当の意味で王太子妃になるのは、決して簡単なことではないだろう。食事や社交のマナー、ドレスをまとっての立ち居振る舞い、ダンスだって人前で披露しても恥ずかしくない程度に踊れるようにならなくてはいけない。

相当の「準備」が必要になるはずだ。

「……たった一カ月で、どこまでできるようになるでしょうか」

「それは君の頑張り次第だ。無論、私たちも協力する。まあ、妻を躾《しつ》けるのは夫の務めだからな」

左のウィリアムが唇の端をつり上げて口にした言葉に、クレアはムッと眉をひそめる。

――躾《しつけ》ですって？　偉そうに！

いや、真実偉いのは確かで、クレアの出来が悪ければ、それは夫である彼らの恥になるのだから、そう思われても仕方ないといえば仕方ない。

それでも「おまえを躾《しつ》けてやる」と言われては、腹を立てずにいられなかった。

――絶対に負けないいんだから！

この一カ月で王太子妃に相応しい知識と教養を身につけて、二人との勝負にも勝ってみせる。

「……わかりました。ご期待に応えられるよう、精一杯、頑張らせていただきます！」

そう宣言すると、クレアは卵をエッグスタンドに戻してスプーンを手に取り、右のウィリアムに挑むようなまなざしを向けた。

「食べ方を教えていただけますか？」

「早速？　ふふ、クレアは勉強熱心だね。いいよ、まずはスプーンの背で卵の天辺《てっぺん》を潰して？」

「……こうですか？」

「そう。それでヒビにスプーンを挿《さ》して、上の殻ごとすくい取るんだ」

言われるままにスプーンを動かすと、抉《えぐ》れた白身の奥から黄身が顔を出す。

「そう、上手だね。後は、取った殻を皿に置いて、すくって食べるだけだよ」

「……意外と簡単ですね」

「はは、そうだね！」

クレアはホッと息をついて、卵にスプーンを差し入れて中身をすくい、口に運ぶ。

トロリと濃厚な黄身の甘さが舌の上に広がり、目を細め、もっと味わおうと噛みしめたところで、じゃり、と不快な感触が奥歯に響いた。

思わず顔をしかめると、右のウィリアムが楽しげに声をかけてくる。

「ふふ、殻が入っちゃった？」

「……はい」

スプーンに殻の欠片《かけら》が残っていたのか、それとも最初の割り方が悪くて中に入ってしまったのか。

クレアが気まずげに頷くと、黙々とスプーンを動かしていた左のウィリアムがボソリと呟いた。

「気にするな。初めはそんなものだ」

「そうでしょうか」

「ああ、そうだ。混じった殻を卵一つ分も食べおえる頃には、目をつぶってでも上手に食べられるようになっているさ」

「……さようでございますか」

いったい、励ましているのかバカにしているのか。

判断に困る言葉にクレアは眉をひそめつつ、それでも「くじけてなんていられない、練習あるのみよ！」と気を取り直し、あらためてスプーンを持ちなおした。

それから、二人をお手本に、見様見真似の優雅な朝食に取り組むことにしたのだった。

＊　＊　＊

「……あの、今さらなのですが、こういうことは侍女がやるものでは？」

食事を終えて部屋に戻り、ウィリアムたちにドレスを着せてもらう段になって、クレアは素朴な疑問を口にした。

男性である彼らに着替えを手伝ってもらうのは、やはりおかしいのではないかと。

けれど、ウィリアムたちは衣装箪笥《ワードローブ》から様々なパーツを取りだす手をとめることなく、鏡台の前に立つクレアに目を向けると、そろって首を横に振った。

「……今、北殿に入れるのは私たちと君だけだ。侍女は入れず、君は着方がわからない。となれば、私たちが着せるほかないと思うのだが？」

そう言って、シフトドレスの上に穿《は》くアンダーペティコートを手にしたウィリアムが、唇の端をつり上げる。

「それはそうですが……」

どうしてそう、いちいち嫌な言い方をするのだろうか。

――おかげで何となく違いがわかるようになってきたけれど……ウィリアムはウィリアムでも、こちらは「皮肉屋のウィリアム」ね！

そんなことを考えつつ、ムッとクレアが眉をひそめていると、コルセットの編み上げをゆるめていたもう一人のウィリアムが、「まあまあ、そんなに怒らないでよ」となだめるように微笑んだ。

「ねえ、クレア。さっきは、この皮肉屋が『躾《しつけ》』だなんて可愛げのない言い方をしたけれど……君が王太子妃になったときに困らないよう、できる限り協力したいと、私たちは本気で思っているんだよ。だからね、仲良くやろう？」

「……仲良くですか」

「うん。夫婦仲は良ければ良いほどいいでしょう？　それに、仲が深まった方が私たちの見分けもつくようになると思うよ？」

確かに関わりあいを避けていたら、見分けなどつくようにはならないだろう。

「ふふ、それにさ。私たちは夫婦になるんだから、恥ずかしがる必要はないと思うんだけれどな？裸を見るよりも、もっと淫らなことをするわけだし？」

手にしたコルセットの胸元を思わせぶりに指先でなぞり、スッと目を細めて囁かれて、クレアはカッと頬が熱くなるのを感じながら言い返す。

「――っ、そういうこと、言わないでください！」

いったい、どこまで本気で、どこから冗談なのか。

「ああ、ごめんね。あんまりクレアが可愛いから、ついからかいたくなっちゃったんだよ」

わざとらしいほど甘い声で、クスクスと笑いまじりに謝られて、クレアは先ほどとはまた違った方向でムッとする。

――まったく！　あちらが「皮肉屋のウィリアム」なら、こちらは「軽薄なウィリアム」ね！

それでも、これ以上恥ずかしがっていては彼らを面白がらせるだけだ、と思い直して、クレアは覚悟を決めることにした。

「わかりました！　色々とご面倒をおかけしますが、どうぞよろしくお願いいたします！」

肩幅に足をひらいて両手を広げ、ドンと構えて「さあ、着せてみなさい！」と言うように二人を睨《にら》みつけると、二人はそろって面白そうに見つめ返してくる。

「ふふ、いいね！　度胸のある子は、私たち、大好きだよ。でも……その余裕がいつまでもつか、楽しみだなぁ」

そんな不穏な言葉と共に、軽薄なウィリアムがコルセットを掲げ、ニコリと目を細めた。

いったい何をするつもりなのかと身構えて、クレアが彼の言葉の意味を理解したのは、それから三分後。

膝下丈のアンダーペティコートを穿《は》いた後、コルセットを頭からスポリとかぶり、背中の紐を締め上げられたときのことだった。

「――――ぐぇぇぇっ！」

「はは、女の子が上げちゃダメな悲鳴出しちゃって！　可愛いねぇ！」

クレアの背後に立って、ギュウギュウとコルセットの紐を引っぱりながら、軽薄なウィリアムが楽しげな笑い声を立てる。

「うぅ、待って、折れる！　骨が！　折れます！」

「大丈夫、折れない折れない！　目一杯締めても折れないサイズになっているから、まだ余裕だよ！」

「嘘でしょう⁉」

クレアはギョッと目をみひらく。

息を吸うことすら困難なのに、まだ締められるというのだろうか。

ひいひいと肩で息をしつつ涙ぐんでいると、傍らで成り行きを見守っていた皮肉屋のウィリアムが呆れたような溜め息を一つこぼした。

かと思えば、つかつかと近付いてくるなり、「どけ」と軽薄なウィリアムを押しのける。

「何だよー、いいところだったのに」

「楽しいのはわかるが、ご婦人を泣かせるのは寝台の上だけにしておけ」

不満げな片割れをそんな言葉でなだめると、皮肉屋のウィリアムはコルセットの紐に手をかけ、手早くゆるめていった。

新鮮な空気が肺に入ってくる感覚に、はあぁ、とクレアは大きく安堵の息をつく。

「よし……慣れればもっと締められるが、今はこれくらいにしてやろう」

そう言って皮肉屋のウィリアムは紐を結んだ余りをコルセットの内側に押しこみ、クレアの前に回ってくると「息はできるか？」と尋ねてきた。

「はい、おかげさまでどうにか……ありがとうございます」

本当にどうにか、だ。この息苦しさに慣れる日が来るのだろうか。

一抹の不安を感じつつも、礼の言葉を口にしてペコリと頭を下げたところで、「ああ、そうだ」と皮肉屋のウィリアムが声を上げた。

「ちょうどいい。ドレス姿でのお辞儀の仕方を教えておこう。足が見えた方がいいからな」

かけられた言葉に、クレアは「え？」と首を傾げる。

「ドレス姿でのお辞儀ですか？」

「ああ、淑女の礼とも呼ばれる、敬意の表し方だ。カーツィやカーテシーという言葉を聞いたことはあるか？」

「……あ、あります。スカートの裾を摘《つ》まんで頭を下げる所作でしょうか？」

「軽いものはそれでいい。だが、改まった場や相手に対しては正しい所作をする必要がある」

そこまで告げて言葉を切ると、一呼吸の間を置いてから、彼は静かにつけ足した。

「……少なくとも、母に会うまでに、これだけはできるようになっていてくれ」

「王妃様にお会いするまでに？」

「ああ、そうだ。あの人は、礼儀や体面をひどく重んじるからな」

「そうだよー、心が狭い人だからね。下手な礼なんて披露したら、扇で膝を叩かれちゃうよ！」

ふ、と唇の端をつり上げて告げられた言葉に、クスクスと笑い混じりの忠告が続いて、クレアは思わず眉をひそめる。

自分の母親に対して、そのような言い方はないだろう。

そんな思いを感じとったのか、軽薄な方のウィリアムがニコリと取り繕うように微笑んだ。

「まあ、冗談はさておいて、王妃が礼儀にうるさいのは本当だよ」

「……そうなのですか」

公爵家の出だという現王妃は国民との関わりが薄く、悪い人だという噂も良い人だという噂も、どちらもあまり聞いたことがない。

クレアも神殿に入るまでは、絵姿は見たことがあっても実際に目にしたことはなかった。神殿に祈りに訪れた王妃を初めて見かけた時、遠目からでもわかるほど美しい人ではあったが、どこか神経質そうな印象を受けたことを覚えている。

——そういえば……何カ月か前に……

神官長と話をしている王妃に気付かず、傍らを素通りした若い神官が叱責されていたことを思いだし、クレアは双子の言葉はあながち嘘ではないのだろうと思い直した。

——意地を張って恥をかくのも、かかせるのも嫌よね。

そう心を決め、あらためて二人に向きあうと、皮肉屋のウィリアムがスッと目を細めて満足そうに頷いた。

「どうやら納得いただけたようで何よりだ。……さあ、教えてやれ」

「私が？　まあ、いいけれど。肉体労働は私の担当だからね！」

片割れに命じられた軽薄なウィリアムは一瞬パチリと目を瞠《みは》ってから、一転して笑顔になると、弾むような足取りでクレアに駆け寄り、右手を取った。

「では、クレア。始めようか」

「……はい。よろしくお願いいたします」

「うん、よろしく！　転びそうになったら、私の手につかまってね。……それじゃあ、右足を斜め後ろ、内向きに、左足の方に向かって引いて腰を落としてみて」

促され、クレアはスッと右足を引き、左の踵《かかと》につま先をつけて、ひょいと膝を曲げてみる。

「……こんな感じでしょうか？」

「んー、もっと思い切って引いて、足を交差していいよ。腰ももっと深く落としてみて」

「ああ。そのまま椅子に座れば、足を組んだ形になるくらいにな」

「足を組んだ形ですか？」

「うん。……こんな感じだよ」

そう言って、クレアの手を握るウィリアムがスッと右足を斜め後ろに引く。

そのまま深く腰を落として見せてくれたのは、なるほど確かに、足を組んで座った状態から椅子を引き抜かれたような体勢だった。

「……これほど深くかがむのですね」

頭一つ分上にあった彼の目線は、今はクレアの胸元辺りまで下がっている。

不自然といえば不自然な体勢ではあるが、しゃんと背すじを伸ばしつつ、足を交差して腰を落とした姿は、どこか舞踏の振り付けめいた優雅さも感じられた。

「うん……まあ、ここまでしないといけないのは、国王や王妃に対してだけだけれどね」

「腰を深く落とすほど高い敬意を示すことになる。母にするときは床に座りこむくらいの気持ちですするといい。その方があちらも満足するだろう」

ふ、と鼻先で笑いながら、皮肉屋のウィリアムが言い添える。

「……さようでございますか」

相変わらずの物言いにクレアは思わず苦笑を浮かべるが、「じゃあ、クレア、やってみて」と腰を落としたままのウィリアムに促され、慌てて前に向き直った。

「では、はい。やってみます」

宣言し、先ほどよりも大きく右足を斜め後ろに引いて、深々とかがみこむ。

「うん。それくらい思いきって大丈夫……あ、でも頭は下げても背中は丸めないで。背すじを伸ばしたまま、腰を落とすんだ」

「っ、はい！」

クレアは腹に力を入れて、前のめりになっていた背をまっすぐに伸ばす。

「け、結構、おなかと脚にきますね……！」

左の腿の前側がパンと張っているのがわかる。ふくらはぎも攣《つ》りそうだ。

コルセットに支えられているとはいえ、腹筋にも常にグッと力を入れていないと、すぐに上体がふらつきそうになる。

「まあ、普段は使わない筋肉を使っているだろうからね……大丈夫、慣れればスッとできるようになるよ！」

「慣れるでしょうか？」

ぷるぷると足が震えるのを感じながら上目遣いに尋ねると、軽薄なウィリアムはニコリと笑みを浮かべて「大丈夫だよ！」と請け合った。

「今も初めてとは思えないくらい、いい感じだし！」

「ほ、本当ですか？」

「うん！　ぎこちないけれど素質はバッチリだと思う！」

「……ぎこちない」

「大丈夫だ。初めてにしては悪くない」

黙ってやりとりをながめていた皮肉屋のウィリアムが、貼りつけたような笑みで言い添え、クレアは思った。

――もしかして、本当はぜんぜんできていないのでは……？

胸をよぎる疑念に傍らの鏡台に目を向けると、へっぴり腰でかがみ、プルプルと震えている自分の姿が目に入った。

目の前の彼の「お手本」とは似ても似つかない、何ともひどいありさまに、クレアは唖然と目をみひらき、直後、ボッと頬が熱くなる。

「お、お見苦しいものをお見せしてしまい……」

「え？　はは、大丈夫だよ！　最初は皆そんなものだから！」

「ああ、大いに可能性を感じるから悲観するな」

口々に励まされ、かえっていたたまれなくなったクレアは、いっそう羞恥に頬を染めあげた。

「はい……鋭意努力いたします」

クッと唇を噛みしめ、そう答えるほかなかった。

＊　＊　＊

それから昼を過ぎ、夜までかけて、どうにかそれらしい形になるまで、みっちりとカーテシーの練習に励むこととなった。

ようやく及第点をもらって迎えた夕食では、クレアはすっかり疲労困憊、もう椅子に座っているのもやっとというありさまになっていた。

——結局、夕食も取りに行かせてしまったわね。

昼食はクレアが取りに行くつもりだったのだが、レストルームに行って戻ってきたら、既にどちらかが取りにいってくれたようで、テーブルの上にサンドイッチが置かれていた。

だから、「夕食こそは私が！」と意気ごんでいたのだが、二人にとめられてしまった。

「今の君は運ぶより運ばれる側だろう」「人を使うのに慣れるのも、王太子妃教育の一環だからね。だから、君は座っていて」という言葉を添えて。

きっとパンパンの足を庇《かば》ってブリキの人形のような歩き方になったクレアを見て、これは無理だと思ったのだろう。

——初日からこのありさまなんて……情けないわね。

複雑な気持ちで食卓に視線を落とし、クレアは目元をほころばせる。

——美味しそう。

意外なことに夕食に出されたのは、一杯のチキンスープだった。

澄んだ金色の水面を通して、刻まれた色とりどりの野菜と細かく裂かれた鳥肉が透けて見える。

——なかなかに具だくさんね。

ふわりと立ちのぼり、鼻をくすぐる香ばしくもやさしい香りにクレアは目を細める。

金色のスープにスプーンを沈めて一匙口に運ぶと、ほどよい塩加減の豊かな味わいが口いっぱいに広がる。ほのかに鼻に抜ける清涼感を含んだ甘い香りは、ローリエだろうか。

——ああ、美味しい……！

疲れた身体に栄養が染みわたるようだ。

はしたないと思いつつも、ついつい食が進んでしまい、スプーンを動かす手がとまらない。

「……王族の方でも、このような素朴な晩餐を召し上がるのですね」

夢中で食べおえた後、ほう、と目を細めて素直な感想を口にすると、ゆったりとスプーンを口に運んでいたウィリアムたちが手をとめた。

そっとスプーンを皿に置き、ナプキンで口元を拭って皮肉屋の方のウィリアムが答える。

「これが気に入ったのなら残念な知らせだが、明日からは幾らかくどい料理が出ることになる」

「え？」

「晩餐のマナーも覚えないといけないからさ。明日から頑張ろうね、クレア！」

朗らかにかけられた言葉にクレアは、もしや、と思う。

——本当は、今夜から始めるつもりだったのでは……？

けれど、クレアの体力も集中力も尽きてしまったため、スプーン一つで気楽に食べられるスープに変更されたのではないだろうか。

――まあ……最初から、今夜はスープと決まっていたのかもしれないけれど。

どうにも二人を信用しきれないクレアは、そう思いつつも、感謝をこめて頭を下げた。

「はい。明日から、どうぞよろしくお願いいたします」

「うん、こちらこそよろしくね！　ふふ、明日からは忙しくなるよ～、覚えることがたっくさんあるからね！」

軽薄なウィリアムからニコニコと楽しげに――いや、愉《たの》しげに告げられて、クレアは思わず、う、と呻《うめ》きをこぼす。

たくさんとはどれくらいだろう。お辞儀ひとつで一日がかりだというのに。

――ああ、先が思いやられるわね。

王太子妃への道は遠そうだが、それでも、やると決めたからにはやるしかない。

クレアがスッと姿勢を正し、「はい、ご期待に沿えるよう、精一杯頑張ります」と返すと、軽薄なウィリアムは「ふふ、やる気満々だね！」と嬉しそうに目を細める。

それから、何かを思いついたように「ああ、そうだ」と瞳を輝かせると、スッとテーブルに肘をつき、身を乗りだした。

「ところで、クレア。一日一緒に過ごしてみたわけだけれど、どう？　見分けられるようになった？　どっちがどっちか、わかるかな？」

問われ、クレアは「それは……」と二人のウィリアムに交互に視線を走らせて、コクリと頷いた。

「……はい、わかります」

クレアから向かって右手、斜め前の席でテーブルに肘をつき、ニヤニヤと軽薄な笑みを浮かべている方が――「兄のウィル」。

向かって左手で、ゆったりと椅子の背にもたれ、唇の端をつり上げた皮肉げな表情で成り行きを見守っているのが「弟のリアム」のはずだ。

「……あなたがウィル様で、そちらがリアム様ですよね？」

「ふふ、正解！」

パチパチと手を叩いたと思うと、ウィルはしょんぼりと眉尻を下げて溜め息をついた。

「あーあ。一日でわかっちゃうなんて、ちょっと簡単すぎたかな？」

「まあ、そうですね！」

少しばかり得意げにクレアが言い返すと、ウィルは悪戯《いたずら》っぽく目を細めて「そっかぁ。じゃあ、ちょっと難易度上げちゃおっかな！」と楽しげに宣言した。

「クレア、ちょっと目を塞いでくれる？」

「え？　は、はい」

指示に従ってクレアが両手で目を覆うと、カタンと椅子が鳴り、ゆったりとした足音がクレアの背後で交差していく。

やがて、再び椅子を引き、腰を下ろす気配がして。

「……もういいぞ」

耳に届いた厳《おごそ》かな響きに、そっと手を下げて、クレアはパチリと目を瞠《みは》る。

右と左。鏡に映したように、まったく同じ顔の二人が、同じ姿勢、同じ表情でクレアを見つめていたのだ。

「……どちらがどちらかわかるかい？」

ほどよく低く、凛とした威厳を感じさせながらも、やわらかく耳に響くその声、口調はウィルのものともリアムのものとも違う。

唇の両端がゆるく上がった、親しみやすさと品の良さの塩梅《あんばい》が絶妙な微笑みも、この一日の間に目にしたことがないものだ。

かといって、まったく見たことがないわけではない。

遠目に見た「王太子ウィリアム」は、いつもこのような笑みを浮かべていた。

つまり、今は二人とも「王太子ウィリアム」を演じているということだ。

キョロキョロと忙しなく視線を泳がせ、クレアは迷う。

――入れ替わったのなら、さっきとは逆になっているはずだけれど……でも。

その思いこみを逆手に取り、入れ替わったふりをして元に戻ったという可能性もある。

まばたきすら惜しみ、食い入るように見つめてみても、全く区別がつかない。

姿勢も表情もまったく同じ、まばたきや呼吸のタイミングすらもそろっているのだ。

――どうしよう。ぜんぜんわからない……！

答えに窮《きゅう》したクレアが、ただ左右に首を巡らせる人形と化していると、クレアから向かって右に座ったウィリアムが不意にヘラリと笑み崩れた。

「はい、時間切れー！」

続いて、左のウィリアムが唇の端をクッと皮肉げに釣り上げる。

「残念だったな」

そっけない勝利宣言が心に刺さり、ウッとクレアは胸を押さえる。

「入れ替わっていなかったのですね……本当に残念です」

「はは、そう簡単に見破られたら困るよ！」

「そうだ。かれこれ二十年もウィリアムのダブルキャストを務めているわけだからな」

「うう、悔しい……！」

「ふふ、クレアは、まだ私たちの表面的なことしか知らないから見分けられないんだよ。だからさ、もっともっと私たちのことを知ったら、見分けられるようになるんじゃないかなぁ？」

楽しげな笑みを浮かべたウィルが頬杖をつきながら、そそのかすように囁く。

「……表面的じゃない事って、例えばどんなことですか？」

「色んな中身とか？」

「中身？」

そんなもの知ったところで、先ほどのように演じられてしまえば意味がないではないか。

クレアは憮然とするが、直後、いっそう笑みを深めたウィルが口にした「そう、服の中身とか」という言葉に、今度は一転して頬を熱くすることとなった。

「ふ、服の中身って……!?」

「知っておいて損はないと思うけれど？」

「そうだな。どうせ君が勝ったところで、どちらかには身を委《ゆだ》ねることになるのだ。ならば、より好みの身体を選ぶのも一つの手だろう」

「こ、好みの身体って!?」

サラリとリアムが口にした言葉に、クレアがギョッと目を瞠《みは》ると、すかさずウィルが追い打ちをかけてくる。

「クレアはどっちが気に入るかなぁ？　ふふ、どっちもだと嬉しいなぁ。どっちも君のものにしていいんだよ？　好きなだけ味見してくれてかまわないからね！」

「っ、いりませんし、しませんっ！」

まったく、人を何だと思っているのだ。

確かにクレアは、貴族の令嬢ほど無垢《むく》ではない。

それでも、羞恥心や貞操観念というものは、きちんと持ちあわせているつもりだ。

クレアが真っ赤に頬を染めて言い返すと、ウィルは楽しげに笑い、それからにわかに表情を引きしめて、「でもさ」と語りかけてきた。

「冗談抜きに、そういうことも慣れておいた方がいいと思うんだ」

「え？」

「だってさ、本番でいきなり三人で、となって困るのはクレアの方でしょう？」

「さ、三人でなんて」

「そうなりたくないのなら、判断材料は多い方がいいと思うがな」

「……判断材料ですか？」

疑わしげに眉をひそめるクレアに、リアムは唇の端をつり上げて頷いてみせた。

「愛を交わす行為は特別なものだ。判断材料としては悪くないと思うぞ」

「……そう、なのですか？」

「ああ。どこからふれるか、どうふれるか、好みや癖が出やすいからな」

そんな思わせぶりな言葉を口にして、スッとリアムが目を細める。

ジワリと色香が滲《にじ》む表情にトクリとクレアの鼓動が跳ねたところで、ふふ、とウィルが笑う気配がした。

「そうだね。こういうことは本当に、人それぞれ違うものだし、どちらがクレアの好みに合うのか、比べてみるのも悪くないと思うよ？　最後まではしないからさ。ね、私たちを試してみてよ」

甘くたぶらかすような囁きに、クレアは耳たぶが熱くなるのを感じながら、そっと目を伏せる。

本当にそんなことで二人の区別がつくようになるのだろうか。

――正直言って、怪しいわよね。

単に二人がクレアをからかっているだけ、遊びたいだけ、という可能性は大いにある。

それでも、そういった接触を一切拒んでおいて、「いざ本番！」となって困るのはクレアの方だというのだけは、悔しいことに確かなのだ。

――当日になって、「今日は無理なので、また日を改めて」というわけにはいかないものね。

ならば、今から二人を知っておいた方が、安心と言えば安心だろう。羞恥心や反抗心、不信感と未来への不安や諸々を天秤《てんびん》にかけて、迷いに迷った末、クレアは覚悟を決めて答えを返した。

「……わかりました。少しだけなら、試してみてもかまいません」

「本当に、いいの？」

「はい」

ジワリと頬に熱が集まるのを感じつつ、クレアがコクンと頷くと、二人はそろえたようにフッと目を細めて頬をゆるめた。

「……そう、ありがとうクレア。じゃあ少しだけ、ううん、少しずつ進めていこうね」

「ああ。少しずつ、無理のない範囲でな」

ウィルの言葉にリアムが頷く。

――少しだけって言ったのに。

勝手に「少しずつ」に変換されていることに、少しばかりクレアは物申したくなったが、それでも口には出さなかった。

二人の表情が面白がっているというよりも、どこかホッとしているように――クレアに拒まれなかったことに安堵しているように見えたから。

「……はい。無理のない範囲でお願いいたします」

気のせいだろうと思いつつもクレアは二人の言葉を否定はせず、それでも素直に頷くのも癪《しゃく》で、心持ちそっけない口調でそう返したのだった。

第三章　初めての夜のレッスン

クレアが北殿に入って早や十日が過ぎ、即席王太子妃教育も九日目を迎えた。

毎日、午前は座学、午後からは実践的な特訓を受けている。

座学の講師役はリアムで、初日にその時点でのクレアの知識や教養レベルを確認されたのだが、クレア自身、情けなくなるほど散々な結果だった。

自国のものすら完璧とは言い難いのに、他国の歴史や文化、産業などスラスラと答えられるはずもない。

当然、諸外国の言葉など、話すことも聞き取ることもできるわけがなかった。

あまりのレベルの低さに諦めたのだろう。リアムは「最低限、必要なことだけを覚えてくればいい」と言ってくれたが、それさえも一カ月で足りるかどうか怪しいところだ。

昼まではひたすら知識を詰めこみ、昼食の後少しの休憩を挟んでから、自称「肉体労働担当」のウィルに講師役が移る。

やがて日が暮れ、クレアの体力と気力が限界に近付いたところで切り上げて、最後に晩餐の席でカトラリーの使い方や食事のマナーをおさらいしたら、ようやくその日のレッスン終了だ。

その頃にはもう、クレアは頭も身体もいっぱいいっぱい、足元すらおぼつかないほどヘトヘトになっている。

ウィリアムたちはそんなクレアを部屋に送り届けた後、居座ることなく、涼しい顔で「また明日」と去っていく。

色めいたふれあいは三日目の宵《よい》にお遊びのようなものが一度あったきり。

その日の晩餐で体力が尽きたクレアが顔からスープ皿にダイブしたため、それ以降は「クレアがここでの暮らしに慣れるまでは」と控えてくれている。

無理のない範囲で、という約束通りに。

そんな日々を重ねる内に、クレアの中で二人への反抗心は少しずつ解けていき、代わりに一度は消えかけた二人への敬意が育っていった。

一日の終わりに寝台に倒れこみ、そっと目蓋《まぶた》を閉じると、その日学んだことが頭の中で渦巻き、その膨大さに酔いそうになりながら思うのだ。

これほどの知識と教養を身につけるために、二人はいったいいつから、どれほどの努力を重ねてきたのだろうかと。きっと幼い頃から遊んでいる暇などなかったはずだ。

――だから、たとえ神の子じゃなくても……充分すごい、尊敬すべき人たちなのよね。

目蓋《まぶた》に手を当て、溜め息をこぼしながら、クレアは二人への評価を日々改めていったのだった。

＊　＊　＊

「……うん、いい感じだよ、クレア。そのまま、本が落ちないようにね！」

その日の午後は、ドレスを着ての立ち居振る舞いのレッスンで、クレアは頭の上に本を載せて、二人に見守られながら、室内を行ったり来たりしていた。

踵《かかと》の高いお洒落な靴とは縁遠かったクレアは、当初、歩くときに膝が曲がってしまい、バランスを取るためか猫背になってしまっていた。

「まずはそこから直さないと――いや、慣れないとね！」ということで、こうして練習をしているわけだった。

まず、ウィルの立つ右手の壁からスタートして、リアムの待つ反対側の壁に着いたら、クルリとターンをして戻ってくる。

途中で本が落ちてしまったら、スタート地点に戻ってやり直し。

単純なルールだが、難易度は決して低くない。

本日の成功率は三回に一回と言ったところだが、これでも初日に比べればだいぶ上達したのだ。

初日は三歩進んではスタートに戻るという、新手の拷問のようなありさまだったから。

――頭に本なんて古典的だと思ったけれど……これがなかなか効果的なのよね。

うつむいたり背を丸めたり、少しでもバランスを崩せば本が落ちるので、自然と背筋が伸び、視線はまっすぐに前を向くことになる。

リアム曰く、「時代遅れとされる作法は、次の世代に伝えるに値するから残ってきたものも少なくない。これもその一つだ」とのことらしい。

――よし、大丈夫、いけるわ……後少し……！

昼食後から始めて、もうそろそろ日没。

途中でお茶の時間や休憩を挟みはしたが、すでにふくらはぎは悲鳴を上げつつある。

それでも、必死にバランスを保ちながら、クレアはウィルの待つスタート地点まで戻ってきた。

「――お帰りクレア！」

笑顔で出迎えたウィルが、ひょいと頭の上の本を取りあげてクレアに告げる。

「今日のレッスンはここまでにしようか。そろそろいい時間だし、どうせなら成功して終わった方が気分がいいからね」

「は、はい、ありがとうございます！」

ようやく終わった。クレアはホッと安堵の息をつくとドレスの裾を摘《つ》まみ、スッと右足を後ろに引いて腰を落とした。

この作法にもようやく慣れてきたところだが――クレアはそっと上目遣いにウィルの表情を窺《うかが》う。

「ふふ、そんなに不安そうな顔しないで。大丈夫、昨日よりもずっと上手くなっているよ！」

「ああ。初日に比べれば格段の出来だ。デビュタントのご令嬢と並んでも見劣りはしないだろう」

朗らかにウィルがそう言い、ゆったりと近付いてきたリアムが引き継ぐ。

――それってつまり、社交初心者レベルという意味よね……？

少しばかり複雑な気持ちになるが、それでも社交界に出ても笑われない程度にはさまになってきたのだろう、とクレアは素直に喜ぶことにした。

「ありがとうございます。お二人のご指導のおかげです」

「いやいや、クレアの頑張りがあってこそだよ！　この分なら、明日からはダンスの練習を始めても大丈夫そうだね」

「ダンス……はい、頑張ります」

「うん、頑張ろうね！」

ニコリと答えてから、ウィルがふと悪戯《いたずら》っぽい表情に変わる。

「……ところでクレア、今日はどうかな？　もうヘトヘトで、すぐにでも寝ちゃいたい？」

「え、いえ――」

今日はまだ大丈夫だと言いかけて、クレアはハッと口をつぐむ。

彼の質問の「真意」に気付いたのだ。

「……いえ、の後は何かな？」

笑い混じりに問われて、クレアは頰に熱が集まるのを感じた。

そのまま答えられずに黙っていると、ふふ、と目を細めたウィルが、リアムに何かを問うように視線を送る。

「……私は次でいい。おまえが最初の方が、彼女も気が楽だろう」

リアムが肩をすくめて答えると、ウィルは「そう？」と小首を傾げてから、ふっと笑みを深めて「じゃあ、遠慮なく」と呟いてクレアに向き直った。

そして、クレアの肩に手を添え、頰に口付けるように顔を寄せて囁いた。

「それでクレア、大丈夫そうなら、今夜から少しだけ……『夜のレッスン』も始めていいかな？」

じゃれつくような甘ったるい声が耳たぶをくすぐり、クレアの鼓動が跳ねる。

「……はい、大丈夫です」

からかわれないよう精一杯平然と答えながらも、クレアはいっそう頬がほてるのを感じていた。

＊　＊　＊

それから半時間後。

しんと静まり返った正餐室《せいさんしつ》で一人、いつものお誕生日席についたクレアは、夕食を取りに行った二人を待ちながら、そわそわと落ちつかない心地でいた。

——今日は何だか、お戻りが遅いわね。

閉ざされた扉に視線を送り、そっと息をつく。

一人でいると、ついつい色々と考えてしまう。

——いよいよ、今夜から……するのね。

滞りなく儀式が行えるよう、二人を見分けられるように。

彼らとのふれあいに慣れて、彼らを知るための「夜のレッスン」が始まるのだ。

——最初はウィル様から、ということなのかしら……？

先ほどの彼らのやり取りを思い返して、クレアはそっと息をつく。

二人同時ではなくて何よりだ。

——ちゃんと、お願いを聞いてくださったのね。

ここに来て三日目の宵《よい》。

目隠しをして二人交互にさわられるというゲームをしたのだが、想像以上に恥ずかしかった。

異性にふれられること自体もそうだが、一人と戯れている間、もう一人がそれを観察するという状況に大いに羞恥を煽られ、いたたまれない心地になった。

だから、クレアは「本格的に練習をするときは、一人ずつにしていただきたいです」と頼んだのだ。

お互いしか見えない、見ていないのならば、恥ずかしくともまだ我慢できるだろうから。

——そういえば……

ふとクレアは、そうお願いしたときのことを思いだして、首を傾げる。

——あのとき一瞬、お二人の表情が曇ったように見えたのだけれど……気のせいだったのかしら？

本当に一瞬のことで、まばたきの後には、クスリと笑ったウィルが「日替わりで楽しみたいってこと？」とからかいの言葉を口にして。

そこにリアムがいつもの皮肉げな笑みで「一人一人じっくりと吟味したいということだろう」と勝手な解釈を添えたものだから、クレアは思わず「違います！」と言い返してしまい、何だかうやむやになってしまったのだが……

――まあ……たぶん、見間違いよね。

三人での行為ができないからといって、そこまでがっかりすることでもないだろう。

それとも、よほど三人でしたいということなのか。

そういった嗜好を持つ者がいると聞いたことはあるが、もしや彼らもそうなのだろうか。

とはいえ、双子であることを隠していた以上、これまでに実践したことはないはずだ。

――だから、「三人で」にこだわってらっしゃるとか……？

今まではしたくともできなかったので、クレアで試したいということなのかもしれない。

――うーん。もしもそうならば、ぜひとも謹んでお断りしたいところだわ。

いくら夫婦でも性的嗜好の押し付けは遠慮願いたい。

想像で決めつけるのはよくないと思いつつ、ついつい渋い顔になったところで、タイミングよくノックの音が響いた。

「クレア、入るよー」

「あっ、はい、どうぞ！」

答えたところで扉がひらき、サービングカートを押してウィル――口元に浮かんだ笑みの雰囲気からして恐らくそうだろう――が入ってくる。

その後ろで扉を押さえていたリアムが続いて部屋に入り、静かに扉を閉めた。

「……待たせてすまないな」

「すぐ用意するからね」

口々に告げてテーブルの左右に分かれ、テキパキとカトラリーや皿をセットしはじめる二人に、「ありがとうございます」と返しつつ、クレアは何の気なしに尋ねた。

「今夜は夕食が届くのが遅かったのですか？」

すると、ピタリと二人の手がとまり、言うべきかどうか迷うように顔を見合わせる。それを見て、クレアは察した。

「何かあったのですね？」

深刻そうな様子ではないが、かといってただ食事の到着が遅れたというわけでもなさそうだ。

「……うん、まあね」

とめた手を再び動かしながら、ウィルがチラリとリアムに視線を送る。

伝えるかどうかは任せるよ——と言うように。

リアムは微《かす》かに眉をひそめた後、クレアに視線を向けて口をひらいた。

「……ミーガンという娘は、本当に君の友人なのか？」

予想外の問いにクレアは「え？」と目をみひらく。

「ミーガンですか？　はい、神殿では一番の友人ですが……」

「そうか」

「ミーガンに何かあったのですか？」

まさか彼女が怪我でもしてクレアを呼びにきたのだろうか。

それならば、すぐにでも行かなくては——思わず立ち上がると、クレアの表情からその懸念に気付いたのか、リアムはゆるりと首を横に振った。

「いや、彼女に何かあったわけではない」

「そ、そうなのですか……よかった」

「何かあったわけではないが、何かあろうとしたと言うべきか……」

「何かあろうとした……？」

歯切れの悪い言葉にクレアが首を傾げると、カトラリーを並べおえたウィルが苦笑まじりに会話に混ざってくる。

「ひとまず彼女が元気なのは確かだから、安心して。というよりも、今日の夕食を運んできたのが彼女だったんだ」

「ミーガンがこれを？」

クレアは戸惑う。ミーガンはこのような雑用をするのは好きではなかったはずだ。

――もしかして、心配して来てくれたのかしら……？

クレアがいなくなって、当然、ミーガンは神官長に事情を尋ねただろう。

それでクレアが女神役に選ばれたことを知って、クレアが上手くやれているのか様子を見に来たのだろうか。

ミーガンは「クレアに王太子妃はちょっと荷が重すぎる」と言っていたから。

けれど、クレアの予想は外れた。

「顔を合わせるなり、聞かれたよ。『本当に双子なのですか？』ってね」

「え？　そんなことを、いきなりですか？」

「本当だよ。ねえ？」

チラリとウィルがリアムに視線を送り、リアムが「ああ」と頷く。

「神官長から聞きだしたのだろう。だが、応対したのが一人だったので、確信が持てずに尋ねたのだろうな」

食事の受け取りには、ウィルとリアムの二人で行っているが、北殿の入り口での応対をするのは一人だけだとクレアは聞いている。

後の一人は、不測の事態に備えて物陰で控えているのだそうだ。

今日の応対役はウィルだったのだろう。

「お皿やカトラリーの数も数えたみたいで、ちょっと並びがぐちゃぐちゃになっていたね」

苦笑まじりにウィルから告げられ、クレアは思わず「申しわけありません」と頭を下げた。

「いやいや、クレアが謝ることじゃないよ」

「ああ、そうだ。友人の罪を君が背負う必要はない」

「……ありがとうございます。……まあ、確かに、数えてもわからなかったでしょうね」

用意をする者や運ぶ者に三人で食事をしていると気付かれないよう、食事もカトラリーも四人分用意されているのだ。

二人しかいないはずなのに四人分は多すぎるのでは——と当初クレアは思ったが、余剰分は夫婦《めおと》神への供物《くもつ》として捧げられていることになっているらしい。

実際に余った一人分はどうするかといえば、ウィルとリアムが仲良く半分ずつ平らげている。

元々クレアがちょうどおなかいっぱいになるくらいの量なので、育ち盛り——ではないが、健康な男子である二人には少し足りない程度に調節されているのだろう。

「それで、何とお答えになったのですか？」

「正直に答えるわけにはいかないからね。ウィリアムモードで『そうだったらどうするんだい？』って、にこやかに聞きかえしたら……」

「聞きかえしたら？」

「……『花婿が二人なら、花嫁が二人でもいいんじゃないですか？』って言われたよ」

「え!? そ、そんなことを!?」

予想外の言葉にクレアが目をみひらくと、ウィルは呆れたように微笑んだ。

「ね、驚くでしょう？　クレアのことが大好きだから、一緒にお嫁に行きたいんだって。『どちらの花嫁になったとしても、きっとどちらでも愛せるので大丈夫です！』って自信満々に言ってきたよ。ずいぶんと情熱的な子だね」

ミーガンらしいといえばミーガンらしい、何とも無邪気な言葉だ。

けれど、その言葉を聞いたとき。

なぜかクレアは、いつものように微笑ましい気持ちにはなれなかった。

——どうしてかしら……？

ミーガンと分けあってしまった方が、クレアの負担は減るはずなのに。

小さな棘《とげ》のようなものが心に引っかかるような感じがしたのは、なぜなのだろう。

――まさか私、どちらも欲しいと思いはじめていたりするの……？

だから、取られたくないと思って、不快に思ったのだろうか。

確かに、この十日間でクレアの心境は変化しつつある。

いまだに反発心は消えていないし、二人の言葉にイラッとすることもあるが、それでも、最初の頃のような拒否感はなくなった。

かつて「王太子ウィリアム」に対して抱いていたような、強い憧れめいた恋情はなくとも、仄《ほの》かな好意めいたものが育っている――ような気がしなくもない。

――そうだとしても、ないわよ！　ない！

慌てて心の中で勢いよく否定して、ウィルに尋ねる。

「……それで、何とお答えになったのですか？」

「もちろん、謹んでお断りしたよ。だって、私たちが選んだのはクレアだからね！」

輝くような笑みで告げられ、クレアは一瞬ドキリとしつつ、「またそんな調子のいいことを……」と眉をひそめて言い返そうとした。

「ああ。……私たちはどちらでも、誰でもよかったわけじゃない」

ウィルに続いてリアムがこぼした呟きに、クレアは言いかけた言葉を呑みこんで、パチリと目を瞠《みは》ってリアムの顔を見た。

どうしてか、彼の声音が、いつになく真剣みを帯びているように感じられたのだ。

けれど視線があったところで、リアムはスッと目を細めて唇の端をつり上げ、いつもの皮肉げな表情に戻ると、言葉をつけ足した。

「まあ、君には『どちらでもいい』と思ってもらえた方が、いいのかもしれないがな」

「え？」

「そうだね。クレアにはどちらでも、いや、どちらも欲しいと思ってほしいかな」

「そ、それは……」

まるで先ほどの自分の思考を読まれたようで、クレアが思わず言葉に詰まると、ウィルはチラリとリアムと視線を交わし、楽しそうに目を細めた。

「前みたいに『いりません！』って即答はしないんだね。ちょっと希望が出てきたと思っていいのかな？」

「っ、違います！」

「ふふ、素直じゃないなぁ」

「それくらいにしておけ。ご婦人の気持ちをしつこく尋ねるのは無粋というものだ」

クスクスと笑うウィルを、リアムがわざとらしいほど厳粛な口調で窘《たしな》める。

「えぇー、そうかな？」

「そうだ。そのようなことをわざわざ聞くよりも、聞く必要がないようにする方法を考えた方が、よほど賢明だろう」

「ああ、そうか！　聞かなくてもわかるぐらい夢中にさせられるよう、頑張らないといけないってことだね！」

わざとらしくポンと手を打ったウィルがクレアに向き直り、ニコリと目を細める。

「……ということで、クレア。君が二人とも欲しいと思ってくれるように、私たちの魅力が伝わるように頑張るから、もっと私たちのことをたくさん知ってね」

「お二人のことを？」

「うん。まずは今夜、私のことから……ね？」

あからさまなほどに甘く、色香を帯びた囁きにクレアは思わず鼓動が跳ねて、ジワリと頬が熱くなる。

けれど、ここで照れて目を伏せたら彼らの思う壺《つぼ》だ。

そう思い、クレアはグッと顔を上げると二人を見すえて言い返した。

「そうですね。今はまだまだですが、これからお二人の魅力をわからせていただけるのを楽しみにしております。私でも、理解できるとよろしいんですけれど！」

煽るような言葉に二人は一瞬顔を見合わせる。

それから、一斉にクレアに視線を送ると、そろえたかのごとく同じ笑みを――挑むような楽しげな微笑を浮かべたのだった。

＊　＊　＊

その夜。

ランプを手にクレアの部屋を訪れたウィルは、普段の王子様らしい姿ではなく、無造作な洗い髪に、襟のひらきを紐で編み上げて閉じる、プルオーバータイプのゆったりとしたリネンの白シャツと黒のトラウザーズという、くつろいだ装いだった。

「──こんばんは、クレア。お邪魔するね！」

ノックの音に「どうぞ」と声をかけるなり、朗らかな挨拶の言葉と共に扉をひらいて入ってきたウィルを目にした瞬間。

クレアは思わず目を瞠《みは》り、チラリと彼の襟元に視線を走らせて──パッと睫毛《まつげ》を伏せた。

「……はい、どうぞ。お入りください」

努めて平静を装って招き入れ、寝台へ向かう。

その後を当然のようについてくる彼の足音を聞きながら、トクトクと騒ぐ胸をそっと押さえる。

──意外と……着痩せするタイプだったのね。

いつもはきっちりと喉元までボタンが留められ、ひらひらとした襟飾りで隠れているので気付かなかった。

けれど、一瞬目にした剥《む》きだしの首筋や、くつろげた襟から覗く胸板は意外なほどに逞《たくま》しく、しっかりと筋肉がついているように見えた。

──いやだわ、ちょっと肌が見えたくらいで、何をドキドキしているのよ。

男の肌を見るのは初めてではない。

巫女《みこ》の仕事で傷を見るためにシャツを脱いでもらったことは、一度や二度ではない。ふれたことだってある。

孤児院では、風呂上がりの弟分たちが裸で駆け回る姿を何度となく目にしてきた。

それなのにどうして、これほど頬が熱くなるのだろう。

頬を押さえて隠してしまいたくなるのを堪えて歩き続け、クレアは寝台の前で足をとめた。

「……灯りを置いてください」

背後から差しこむランプの灯りで淡く染まる敷布《しきふ》を見つめて、ポツリと願う。

今振り向いて、赤らんだ顔を照らしだされたくなかった。

「うん、わかった」

コトン、とナイトテーブルにランプを置く気配がして、寝台が半ば薄闇に沈む。

ホッと息をついて振り返ると、パチリと彼と目があった。

「ふふ、顔が赤いね」

「……見ないでください」

せっかく見えないように暗くしたのに——クレアは、ぷいと顔を背けて再び寝台へと向き直り、そっけない口調で問いかけた。

「それで、何からお始めになるおつもりですか？」

「そうだなぁ……とりあえず、少しさわってもいい？」

笑い混じりに問い返され、クレアは敷布《しきふ》を見つめたまま、「……少しなら」と答える。

「ありがとう。じゃあ、こっち向いてくれる？」

渋々と振り向くと、すかさず伸びてきた手がクレアの頬にふれた。

ザラリと硬い手のひらの感触に、また一つ、クレアの鼓動が跳ねる。

そっと視線を上げて目にした彼の顔は見惚れるほど、ともすれば現実感がないほどに整っている。

まるで、夢物語に出てくる理想の王子様そのものなのに。

――やっぱり、男の人なのよね。

すっぽりと包みこまれそうなほど大きな手。硬い皮膚の感触は確かに彼が生身の男なのだと感じさせて、何とも落ち着かない心地になる。

気恥ずかしさにそわりと視線を泳がせ、キュッと目をつむったところで、ふっと彼が小さく息をつく気配がした。

「……ねえ、クレア」

「……何でしょうか？」

またからかわれるのだろうか。

目をつむったまま、身構えたクレアの耳に届いたのは、予想とはまるで違う台詞だった。

「……私にふれられるのは平気？　嫌ではない？　一人なら、大丈夫かな？」

いつになく神妙な口調でかけられた問いに、クレアは「え？」と顔を上げる。

ウィルの口元にはいつものように楽しげな笑みが浮かんでいたが、その瞳には微《かす》かな翳《かげ》りが揺れていた。

「……はい、お一人ずつなら大丈夫です」

その翳《かげ》りの意味がわからず、それでも憎まれ口を返す気にもなれず、クレアは素直にそう答えた。

一人でさえこれほどドキドキするというのに、これが二人になったら、こちらの心臓が持たない。

一人ずつなら、まだ耐えられる。

そう思って口にした答えに、ウィルは一瞬の間を置いてから、ニコリと目を細めて朗らかに返してきた。

「そう、よかった！　一人なら平気なんだね！」

「は、はい。お一人ならどうにか……」

「そっか、じゃあ、いっぱいさわらせてもらおうかなぁ？」

「え？　い、いっぱい⁉」

うろたえるクレアに、ウィルはますます笑みを深めると、そっと親指の腹で頬を撫で、瞳を覗きこむように顔を近付けてくる。

「だって、一人なら大丈夫なんでしょう？　ああ、もちろん、クレアの方からも遠慮なくさわっていいからね？」

「わ、私の方から⁉」

「うん、どこからでも、好きなだけ」

ニコリと目を細めると、ウィルはクレアから手を離し、その手を自身のシャツの胸元から腹へと思わせぶりに滑らせて囁いた。

「今日は初日だからさ。まずは、たくさんふれあって、男に――いや、私に慣れて覚えてね？」

そう宣言するなり、彼は自身のシャツの裾をつかみ、そのままガバリと引き上げた。

突然視界に広がる生々しい肌色に、クレアはとっさに両手で目を覆って叫ぶ。

「ちょっと！　何を脱いでるんですか⁉」

少しずつ進めていくという約束はどうしたのだ。これでは展開が早すぎる。

「え？　脱がなきゃ始まらないでしょう？」

当然のように答えられ、クレアは返す言葉に詰まる。

「それは、そうかもしれませんが……」

「そうでしょう？　それに儀式では裸になるからね。今から見慣れておいた方がいいと思うよ？」

唆《そそのか》すように促す声に、クレアはそっと指の間から覗いてみる。

そうして、おそるおそる彼の身体を視線でなぞり――右の脇腹に目を吸い寄せられた。

引き締まった脇腹、斜めに入った筋肉のすじを横切るように、スッと走った傷痕がある。

見た目からして剣で切った――いや矢傷だろうか。

クレアの手のひらでも覆ってしまえるほどの大きさで、どうやらだいぶ古い傷痕のようだ。

「……その傷、どうなさったのですか？」

思わず恥じらいも忘れて真剣な口調で問いかけると、トラウザーズの前立てのボタンを外そうとしていたウィルが手をとめ、ふっと微笑んだ。

「さすがは癒しの巫女《みこ》さん。そこに注目しちゃうんだ」

「……他にどこを見ろと？」

「そりゃあ、もちろん……」

ジワリと色香を滲《にじ》ませて微笑んだウィルの視線が、今しも公開されようとしている彼の下肢へと落ちる。

クレアは、ついついその誘導に従いそうになって——すんでのところで我に返り、パッと傷痕に視線を戻すと、咳払いを一つして尋ねた。

「……それで、だいぶ古い傷のようですが」

あからさまなごまかしに、ウィルはまた一つ、ふふ、と笑みをこぼす。

けれど、それ以上はからかうことなく素直に答えてくれた。

「うん、それなりに古いよ。十二のときについた傷だから、もう八年前かな……初めての狩りで、流れ矢に当たっちゃったんだよ」

「それは、不運でしたね」

「そうだね」

たいしてそう思ってなさそうな表情で頷いて、ウィルはフッと楽しげに目を細めた。

「その頃にクレアに出会えていたら、こんな傷痕なんて残さずに治してもらえただろうね」

そう言ってクレアの頬にそっとふれると、ふわりと微笑んだ。

「……もっと早く会いたかったな」

「え？」

「ううん、違うな。会うだけじゃ意味はないか。もっと早くに会って……ゆっくり時間をかけて、私たちに慣れてもらえたらよかったんだろうね」

耳をくすぐる囁きは甘く、どこか切なげな響きを帯びていて、クレアは戸惑う。

――どうしたのかしら……ウィル様らしくもない。

いつものように軽薄に口説いてくれれば、こちらだって遠慮なくやり返せるのに。

「……ウィル様？」

クレアの声に滲《にじ》む困惑を感じとったのか、ウィルはハッとしたように目をまたたいて、それから、ふふ、といつもの悪戯《いたずら》っぽい笑みを浮かべた。

「どう、今の？」

「はい？　どうとは？」

「クレアはさ、強気に迫るより、こういう意外な弱みをチラ見せした方が、キュンとしてもらえるかなって思ったんだけれど……どう？　抱きしめたくなったりした？」

「なっ⁉　しませんよ、もう！」

一瞬、本気で心配しそうになったというのに、まったくもって人が悪い。

「えー、ちょっとくらいは、なったでしょう？」

クスクスと笑いながら、するりと腰を抱き寄せられそうになって、クレアはムッとしてその手を振り払う。

「なったとしても、もうそんな思いは消えました！　もう、お帰りください！　私、やっぱり疲れておりますので！」

ぴしゃりと宣言して寝台に上がり、毛布を手に取る。

「本日はお引き取りを！」

告げるなり、バサリと頭から毛布を被って、孤児院でよくしていた毛布のサナギ形態になる。

その途端、小さく噴きだす気配がしたと思うと、「ごめんごめん、そんなに怒らないで」と誠意のこもっていない謝罪の言葉と一緒に、ウィルが寝台に上がってくる気配がした。

「ねえ、クレア。謝るからさ。お願い、出てきて、可愛い蝶々さん」

そっと毛布越しにクレアの背を撫でながら、ウィルが囁く。

「帰れなんて、つれないこと言わないで。本番で失敗しないように一緒に練習しようよ」

「……一緒に、ですか？」

「うん。失敗できないのは私たちだって同じなんだよ？　だから、お願いクレア……私たちを助けて」

哀れっぽい口調で乞《こ》われ、う、とクレアは呻《うめ》く。そんな言い方は卑怯だ。

わざとそれらしく言っているだけだと思いながらも、「お願い、助けて」と重ねて乞《こ》われたら、それ以上拒むことはできなかった。

「……わかりました」

渋々と答えて毛布から顔を出すと、「本当？　よかった！」と先ほどの殊勝な台詞は何だったのかと思うほど、晴れやかな笑顔のウィルに出迎えられる。

「じゃあ、練習頑張ろうね！」

「……はい」

上手く乗せられてしまった。

あからさまな泣き落としに、ホイホイ引っかかってしまった自分が情けなくなるが、それでも、どうせどちらかに抱かれなくてはいけないのは確かなのだ。

だから、慣れておくのにこしたことはないだろう。

クレアはそんな風に自分を納得させ、彼に身を委《ゆだ》ねることにした。

「……っ」

毛布を剥《は》がされ、そっと肩をつかまれたと思うと仰向けに押し倒される。

とん、と背を打つやわらかな衝撃に目をつむってひらくと、見下ろす彼と目が合って、クレアはパチリと目を瞠《みは》る。

ウィルの口元に浮かぶ笑みはいつもと変わらない。

美しいが少しばかり軽薄な笑みだ。

けれど、ナイトテーブルのランプの灯りに照らされてチラチラと輝く空色の瞳には、初めて見るような熱が灯《とも》っていた。

あ、と小さく息を飲むと同時に、スッと伸びてきた大きな手がシフトドレスの襟にかかる。

大きく襟ぐりがひらいたシフトドレスは、少し襟を引っぱるだけで肩から脱がしてしまえるのだ。

襟をつかむ彼の指に力が入り、スッと襟元が涼しくなった瞬間、クレアは反射のようにふるりと身を震わせてしまう。

途端、ピタリと彼の手がとまった。

「……恥ずかしい？」

問う声に滲《にじ》むのは、からかいと思いやりが半々といったところだろうか。

「……はい」

「怖い？」

「……少し、ですが」

どちらの問いにもクレアが素直に頷くと、彼は「そっか」と微笑んで、「じゃあ初日だし、脱がさないでおくね」と続けて襟から手を離した。

「なるべく無理強いはしたくないから、これからも無理そうなことがあったら教えてね」

「……はい、ありがとうございます」

なるべく、という言葉に一抹の不安を感じなくもなかったが、それでもクレアは、彼の気遣いをありがたく受け取ることにして礼の言葉を口にした。

「いえいえ、どういたしまして！」

楽しげに答えたウィルがクレアの頬にそっと手を添え、顔を近付けてくる。

――あ、来る……！

口付けられるのだと、クレアはギュッと目をつむって身構える。

けれど、クレアの予想に反して、温かな衝撃が訪れたのは唇ではなく、指一本分横にずれた頬と唇の境目だった。

え、と拍子抜けしたように目蓋《まぶた》をひらくと、悪戯《いたずら》が成功した子供のような笑みを浮かべたウィルと目が合う。

「ふふ、キスされると思った？」

「え？　い、いえ、別に……」

「したくないわけじゃないんだよ？　本当は、クレアの全部に私が初めてふれたい。でも、今日で全部奪っちゃうのも悪いからさ……」

そんなことを言いながら、彼はクレアの唇をそっと指の腹でなぞって「ここはとっておくね」と囁いた。

とっておくとは次回のお楽しみという意味なのか、それとも、儀式の日まで唇は奪わないということなのだろうか。

疑問に思いつつも、詳しく聞くのはしたないように感じて、クレアはただ「わかりました」とだけ返した。

「うん。じゃあ、続きをするね」

ウィルは満足そうに頷くとクレアの唇から顎へと指を滑らせ、そのまま喉をなぞって鎖骨の間へと下りていった。

剥《む》きだしの素肌を硬い指になぞられて、くすぐったさと同時に、クレアは肌の内側がゾワゾワと妖しくざわめくような感覚を覚える。

——あのときと同じだわ。

ここに来て三日目の宵《よい》、目隠しで彼らにふれられたときにも、同じように感じた。

——あのときだって、決して不快だったわけではないけれど……

だからこそ、それが受け入れがたくて、途中でやめさせてしまったのだ。

「……んっ」

襟ぐりから覗く胸の谷間をなぞりおえた長い指が、そのまま布越しに胸のふくらみに沈んでも、あのときと違ってクレアは制止の声を上げはしなかった。

最初は愛撫というよりも、感触を確かめるような手つきだった。

シフトドレスを押し上げるふくらみを下から持ち上げて、やんわりと指をめりこませたかと思うと、やわやわと揺らされ、またふにゅりと揉まれる。

「……ああ、すごい。やわらかくて、温かくて、簡単に指がめりこんじゃうね。大きさも、すごくいい。まるで、あつらえたみたいに私の手にピッタリだ」

「そういうこと、言わなくていいです……っ」

クスクスと笑い混じりに甘く囁かれて、クレアはキュッと目をつむって言い返した。

「ふふ、ごめんね。気持ちよくする前に、もう少しだけ堪能させて……」

ねだる声と共に頬に口付けが降ってきて、再び、クレアの胸に長い指が沈む。

ゆるゆると揉まれるだけのたわいない刺激でも、繰り返されれば熱が溜まっていく。

少しずつ、胸の奥からくすぐったさとはまた違う、不思議な感覚がこみ上げてきて、クレアは、はぁ、と自分をなだめるように吐息をこぼした。

――ん、どうしよう……あのときみたいになってきちゃった。

チリチリと胸の先が疼き、段々と固くなるのを感じて、クレアは頬が熱くなる。

あのときはコルセットもしていたし、ドレスも着ていた。

けれど、今は薄いリネンのシフトドレス一枚だ。

いつのまにか閉じていた目蓋《まぶた》をひらき、そっと視線を下げると、ふくらみに食いこんだ指の隙間から、布越しでもわかるほどにツンと立ち上がった頂きが覗いているのが目に入った。

クレアに見えるということは、当然、彼にも見えるということだ。

ソロソロと視線を上げると、楽しげな笑みを浮かべたウィルと目が合う。

「ふふ、立っちゃったね！」

「っ、見ないでください！」

反射のように言い返すとウィルは小さく噴きだして、それから、ふにゃりと口元をゆるめて
「じゃあ、見えないようにするね」と告げ、背をかがめた。

「見えないようにって――ひゃっ⁉」

どうするつもりなのかと問うまでもなく、答えはわかった。

彼は自分の目から見えないように、クレアの右胸の先を口内に収めたのだ。

「っ、あ、ん……ふっ」

熱い舌が頂きを這い回り、濡れた布が貼りつき、擦れる。

あぶれた左胸の先は指の腹でしごかれ、布越しに爪を立てられて、チリチリとした疼きは鎮まるどころか余計に強まっていく。

——や、やだ、これ。何だか変。

先ほどまで疼いていたのは胸だけだったのに、気付けば疼きは下腹部にまで飛び火していた。

——本当に変。ムズムズするわ……！

尿意とはまた違うもどかしさをなだめるように、そっと膝を擦りあわせたところで、ふ、と彼が笑う気配がして。

次の瞬間、胸の先にカシリと歯を立てられた。

「っ、ぁあっ」

ジン、と強い痺《しび》れが噛まれた頂きから下腹部まで走り抜け、クレアの唇から悲鳴にも似た喘《あえ》ぎがこぼれる。

そして吐いた息を吸う間もなく、クレアの身体をなぞり下りた彼の指が、シフトドレスの裾から潜りこみ、足の付け根に沈んだ。

途端、水音と共に響いた淡い快感に、クレアはビクリと身を震わせる。

「……ふふ。すごい、トロトロだね」

「っ、言わなくていいです！」

「どうして？　クレアが感じてくれて嬉しいのに」

「っ、それでも言わないで！」

クレアが真っ赤になって言い返すと、ウィルは「そう？　わかった、黙るよ」と素直に頷いた。

——よかった。これでもうからかわれなくて済む。

ホッとしたのも束の間。

「クレアのお望み通り、静かにしているね」

ひどく楽しそうに目を細めたウィルの指が割れ目を押し広げ、トロリと蜜をこぼす場所にふれて、
クレアは再び息を乱すこととなった。

「っ、んっ、ふ、……っ、ちょ、ウ、ウィル様……！」

あふれる蜜を泡立てるように、二本の指で小さな弧を描きながら浅く蜜口を掻き回されて、どんどん水音が大きく、空気を含んだ粘ついた音に変わっていく。

寝台の上、クレアの乱れた呼吸と淫らな水音が夜に響き渡る。

——絶対にわざとよね⁉

愛撫のためというよりも、音を立ててクレアの羞恥を煽るためとしか思えない動きに、クレアはカッと頬を赤らめて自分を辱《はずかし》める男を睨《にら》みつける。

「あは、ばれちゃった？　そう、わざとだよ」

悪びれることなくそんな台詞を口にすると、ウィルはクレアの頬に口付け、囁いた。

「ごめんごめん。お詫びに、きちんと気持ちよくしてあげるから」

「お詫びにって——んんっ」

不意にウィルの指が蜜口をなぞり上げたと思うと、さらに上に滑る。

その瞬間、ピリリとした強い快感がクレアの腰の奥へと走った。

「何、そこ……っ」

「ん？　ここはね、花芯って言うんだ。ご婦人だけが持っている、気持ちよくなるための器官だよ」

「気持ちよくなるための……？」

「そう。まあ、口でどうこう言うより、まずは試してみようね」

そう言って彼は、ぷっくりとふくらんだ花芯をぬるつく指で摘《つ》まみ、ぶちゅりと押し潰した。

途端、ビクリと腰が跳ねるほどの強い痺《しび》れが走り、クレアは悲鳴じみた声をあげてしまう。

「あ、ごめんね。本当に、ぜんぜんさわったことがないんだね……なら、もっとやさしくした方がいいかなぁ」

嬉しそうにそう言うと、ウィルは蜜口に指を滑らせあふれる蜜をすくいとり、たっぷりと花芯にまぶしてから、やさしく左右にゆすぶりだした。

「……クレア、今度は痛くない？　大丈夫そう？」

「っ、は、はい、大丈夫……っ、です」

本当は大丈夫などではない。

痛くはない。痛くはないのだが、もっと耐えがたい感覚がこみあげてくるのを感じて、クレアはギュッと身を強ばらせる。

指の動き自体は激しくないはずなのに、どんどん快感が高まり、クレアのこれまでの人生で存在を意識したことのない器官に熱が集まっていく。

「っ、ふ、ぅう、……んっ」

クレアが昂《たかぶ》るにつれて、やさしく揺らすだけだった動きに段々と強弱やバリエーションが生まれてくる。

ジワリと額に汗が滲《にじ》み、身内の火照《ほて》りが増す。

「あは、可愛い声……もっと聞かせて」

「っ、ぁあっ」

ジワリと熱の滲《にじ》む声で唆《そそのか》すように囁きながら、不意に踏みにじるように強く押しつぶされるとビリリと響く快感に、クレアの唇から甘い悲鳴がこぼれ出る。

反射のように大きく腰が揺れて、その拍子に、ふれられてもいない蜜口から新たな蜜があふれるのがわかった。

——やだ、何か、きそう……！

花芯を潰されたまま揺らされて、おなかの奥で快感が渦巻き、混ざりあって濃度を増していく。

「っ、あ、あ、ダメ……っ」

得体の知れない何か強烈な感覚がせり上がってくるのに、クレアは、ふるりと身を震わせながら、気付けばウィルの首に腕を回し、すがるように抱きついていた。

「っ、……クレア」

花芯を弄《もてあそ》ぶ指がとまり、彼が大きく息をつく。

「ごめん……そういう可愛いことされちゃうと、もう限界」

「え？　——ひゃっ」

欲の滲《にじ》む男の声がクレアの耳をくすぐったと思うと、何が「もう限界」なのかと尋ねる前に膝裏を急《せ》いた手付きですくわれ、持ち上げられる。

「やっ、待って……！」

「大丈夫だよ、入れはしないから……」

なだめるように言いながら、ウィルはクレアの膝を左右でピッタリと閉じ合わせた。

「……一緒に気持ちよくなろうね」

蕩《とろ》けるように甘い囁きと共に、いつの間にやらくつろげていたトラウザーズから跳ね上がったものが、クレアの太腿の間にねじこまれる。

そして、とめるまもなく律動が始まった。

「っ、や、あつ……っ」

ぬちゅぬちゅと音を立て、慎ましい花弁をめくりあげるように忙しなく出入りを繰り返す肉塊は、人の身体がこんな温度になっていいのか、と心配になるほどの熱を持っている。

——それに……ただの棒じゃないのね。

シフトドレスに隠れて、彼の雄の正確な形状はわからない。

けれど、どうやら先端がキノコの傘のように張りだしているらしく、割れ目をなぞられる際に、こりゅこりゅと引っかかるような感覚がある。

先ほど指で愛《め》でられた花芯をその切っ先で弾かれるたび、クレアの腰の奥に甘く鋭い痺《しび》れが走った。

水音が増すにつれ、下腹部に渦巻く熱が高まり、ふくれ上がっていく。

「あ、あ、何か、くる……っ」

「っ、ふふ、いきそう？　私もだよ。一緒に、いきたいな。ううん、一緒にいこうね……！」

汗ばんだ囁きと共に、いっそう動きが激しくなる。

「っ、ぁ、ぁ、～～っ」

やがて、下腹部を満たすほどにふくれあがった熱が不意に、キュッと縮こまるような感じがしたかと思うと、パッと弾けて、広がり、全身を吹き抜けていって。

同時にウィルが低い呻《うめ》きをこぼし、熱い飛沫《しぶき》がクレアの下腹部を濡らした。


しばらくの間、互いの荒い息遣いだけが部屋に響いていた。

――今の……何？　今のが、いったってことなの……？

呆然と肩で息をしながら、クレアは頭の中で呟く。

クレア自身はただ寝転がっていただけだというのに、全力疾走をした後のように胸が苦しい。

普通の運動後と違うのは、下腹部に甘く気怠い熱が残っていることだろうか。

息を乱したまま見上げると、同じように息を切らしていたウィルと目があった。

「……ふふ、クレア、気持ちよかった？」

汗に濡れた前髪をかきあげながら、ニコリと目を細めて問いかけられて、クレアは、ただでさえ熱い頬がますます火照《ほて》るのを感じた。

「……よく、わかりません」

「そう。私はよかったたよ。それに、とても楽しかった。クレアも楽しんでくれたのなら……嫌じゃなかったなら、とっても嬉しいんだけれどなぁ？」

クスクスと笑う彼の声には、いつものからかいだけでなく、ほんの一匙ほどの不安が滲《にじ》んでいるように感じられて、クレアはパチリと目を瞠《みは》る。

先ほどまでは、あれほど自信満々で楽しげにクレアを責めたてていたのに。

――気持ちよくできたかどうか、心配なのかしら……？

男性は精を吐くと途端に冷静になると聞いたことがあるから、彼もそうなのかもしれない。

――案外、根は繊細だったりするのかもしれないわね。

意外に思いつつ、わざわざ不安を煽るのも可哀想かと思い、クレアは視線をそらしながらも素直な答えを返した。

「……嫌ではなかったです」

ポツリと囁くと、「そう？」と嬉しそうな声が降ってくる。

「楽しんでくれて何よりだよ！」

「っ、そこまでは言っていません！」

クレアは慌てて言い返すが、「照れなくてもいいよ、わかっているから」と軽く流されてしまう。

――まったく、調子がいいんだから！

気を遣って損をした気分だ。

クレアが眉根を寄せて睨《にら》みつけると、ウィルは、ふと目元をゆるめ、クレアの頬をそっと撫でた。

「ねえ、クレア。二人もいいけれど、三人ならもっと楽しいと思うよ」

「え？」

「あいつと二人がかりで君のこと、たくさん可愛がってあげるからさ……二人とも欲しくなったら、いつでも言ってね？」

「っ、いりません！」

甘く蕩《とろ》かすような笑みで囁く誘い文句を、クレアは頬を染めながらぴしゃりと断る。

「そう、残念。クレアは欲がないんだねぇ」

ウィルは気を悪くした様子もなくクスリと笑うと、わざとらしく視線をそらし、「うーん、じゃあ、クレアがもっと貪欲になって、私たちを欲しがってくれるように頑張らないといけないなぁ……」と聞こえよがしに呟いた。

それから、クレアに視線を戻して悪戯《いたずら》っぽく微笑んで。

「……ということで、まずはもう一回。一緒に気持ちよくなろうか」

そう囁いて、再びクレアを組み敷いたのだった。

第四章　探知と気付き

翌日の朝食の時間は、ひどく気まずいものだった。

といっても、そう感じているのはクレア一人のようではあったが……

——お二人とも、ぜんぜんいつもと変わらないのね。

クレアの方は少々寝過ごしてしまい、起こしにきた二人の顔を見た瞬間、真っ赤になって俯いてしまった。

ウィルの顔を直視できないが、リアムの顔も見られない。

夜を共にした相手と、そのことを知っている相手が並んでいるという状況は、想像以上に面映《おもは》ゆいものだった。

——二人とも、だなんて嫌だと思ったけれど……

どちらか片方だけと、というのもなかなかに気恥ずかしいのだとクレアは思い知った。

「おはようクレア、昨日は楽しかったね！」

「おはようクレア、食事は取れそうか？　足腰が立たぬようならば、ここに持ってくるが」

顔を合わせるなり、晴れやかな笑みで放たれたウィルの言葉に羞恥を煽られ、気遣いなのか皮肉なのかわからないリアムの労《いたわ》りに、いたたまれない心地になる。

どちらの顔を見ていいのかわからず、どちらと顔を合わせるのも照れくさくて、結局、クレアは両手で顔を覆い、「……いいえ、大丈夫です」と消え入りそうな声で返すこととなった。

それからドレスに着替え、朝食の席に着いて今に至るまで、まともに二人の顔を見られずにいたのだが——

——意識しているのは、私だけみたい。

チラリと二人の様子を窺《うかが》うと、いつもと何も変わらぬ優雅な仕草でスプーンを口に運んでいる。

——お二人にとっては、たいした行為ではないということなんでしょうね。

そう思った途端に悔しくなって、クレアはスッと背筋を伸ばしてスプーンを手に取った。

——いいわ、それなら私も気にしないことにする！

あんなことくらい、たいしたことではない。ぜんぜん平気だ。いくらだってできる。

そんな強がりを心の中で呟いて、ふん、と鼻を鳴らすと、クレアはエッグスタンドを引き寄せ、白々と艶《つや》めく卵の天辺《てっぺん》をぐしゃりと押し潰した。

そうして、威勢よく卵を口に運ぶ彼女の様子を、ウィルたちがチラリと横目で窺《うかが》い、ホッとしたように微笑を交わしたのだが、クレアがそれに気付くことはなかった。

＊　＊　＊

朝食を終えて、いつもの一日が始まる。

最初は半ば意地で平気なふりをしていたクレアだが、そうする内に落ちついてきて、午前の講義を終える頃には顔を赤らめることなく二人と向きあえるようになった。

それでも、午後から始まったダンスの練習では、講師役のウィルと密着するたび、ついつい意識しては動きがぎこちなくなったりもした。

もっとも、意識せずとも上手く踊れたかは怪しいところだが……

何度も彼の足を踏んでは謝り倒し、どうにか基本のステップが身につくまではと踊りつづける。

一曲一曲は短く、さほど激しい運動にはならないが、それでも数を重ねれば疲れが溜まる。

正しい姿勢でと意識すれば身体に力が入り、普段は使わない筋肉に負荷をかけることにもなる。

絹の靴に包まれた爪先は痺《しび》れ、踵《かかと》も痛くなってくる。

どうにか間違えることなく一曲を踊りきり、本日のレッスン終了を告げられたときには、クレアはクタクタに疲れてしまって、おなかもすっかりペコペコになっていた。


そして、迎えた晩餐。

――もう何でもいいから早く食べたいわ。

いつもの席に着いたクレアが、育ち盛りの子供のような台詞を心の中で呟いていると、ノックの音が響いた。

「……おまたせ、クレア」

入ってきたのは、なぜかウィル一人だった。

「あら、リアム様はどうなさったんですか？」

「ああ、ちょっとやることができたから。先に食べていてくれだってさ」

「え、でも……冷めてしまいますよ」

それに、クレアが空腹だということは、リアムだっておなかが空いているはずだ。

「夕食の後ではいけないのですか？」

「うーん。いけなくはないかもしれないけれど……すべきことは先に済ませておきたいからって。

ふふ、あいつは私と違って、責任感が強いからね」

「そうなのですか……ならば、私に何か手伝えることはありませんか？」

「んー、手伝えることか……」

ウィルは腕を組んで考えこむように首をかしげた後、「あぁ、そうだ！」と楽しげに瞳を輝かせた。

「今日のマナーレッスンは休みにしよう。代わりにクレアがあいつに食べさせてあげて」

「え？」

「両手を使う仕事だから自分では食べられないけれど、クレアが食べさせてあげれば、食べながら仕事できるからさ」

「わ、私が!?」

子供相手ならば孤児院で慣れているが、大人の男に「はい、あーん」などとしたことはない。

「そうだよ。ふふ、手伝ってくれるんでしょう？」

「それは……うう、確かに、私から言いだしたことですものね。わかりました、お手伝いいたします」

「ありがとう！　それじゃ、迎えに行ってくるから、その間に盛り付けをしておいてくれるかな？今日は三人ともワンプレート形式にしよう」

「わかりました」

四人分の食事を前もって盛り付けてしまうと、一台のワゴンに収まらない。

だから、いつも運ばれてきた料理を、ここでウィルたちが盛り付けるのだ。

本職の料理人の腕には及ばないが、それでもマナーのレッスンをするだけなら、多少盛り付けが不格好でも問題ないということらしい。

「それじゃあ、お願いするね」

「はい！」

ニコリと笑って踵《きびす》を返したウィルを見送った後、クレアはカートの二段目から、一番大きな平皿とスープ皿を三人分取りだす。

そして、それをテーブルに並べると、料理の皿にかけられた銀のカバーを外し、慣れない手付きで取りわけていった。


それから、数分後。

どうにか盛り付けを終えたところで、二人分の足音が近づいてくるのがクレアの耳に届いた。

「ただいま、クレア！」

やがて扉がひらき、ウィルに続いて入ってきたリアムは、大量の丸めた地図と手のひらに収まるほどの小さな青色の宝石箱を抱えていた。

「さあ、冷めないうちに食べよう！」

「ああ。さっさと片付けるとしよう」

ウィルに促されたリアムが若干迷惑そうに眉をひそめながら、いつもの席に着く。

そして抱えていた品々をテーブルの空いている場所に置いたところで、クレアは彼の左隣に腰を下ろした。

すると、なぜかリアムは戸惑ったような表情でクレアを見つめてきた。

「なぜ、ここに座るのだ」

「いつもの席では遠すぎるかなと思いまして」

斜め向かいでは、食べさせるのに手が届かない。

「遠すぎる……？」

ますます困惑げに眉をひそめるリアムに、クレアの方も首を傾げつつ、ひとまず食事を始めようとリアムの皿に手を伸ばした。

そして、小さなガラスの器に入ったスモークサーモンのムースを手に取り、これまた小さな銀のスプーンをつかんでムースに差し入れたところで「待て、クレア」と声をかけられた。

「何をするつもりだ」

「何って……リアム様に食べさせてさしあげようと」

「は⁉　食べさせる⁉」

愕然と目を瞠《みは》るリアムに、クレアはそんなことを考えている場合ではないと思いつつも、新鮮な驚きを覚える。

――リアム様も動揺なさることがあるのね。

この反応からして、どうやらウィルはリアムに計画を伝えていなかったようだ。

「……ウィル様、リアム様に何とおっしゃったのですか？」

「ふふ、『クレアがどうしても一緒に食べたいって泣いているよ。ワンプレートならすぐ食べおわるからいいでしょう？』って誘ったんだよ」

「なっ⁉」

してやったりというような笑みで告げられて、ポッと頬が熱くなる。

その言い方では、まるでクレアが「一緒じゃないと嫌！」と駄々をこねたようではないか。

「ち、違います、リアム様！　私、泣いてなんかいませんから！」

「……ああ。見ればわかる」

同じく嘘に踊らされたリアムは渋い顔で頷くと、小さく溜め息をついた。

「大方、君が『冷めないうちに食べてほしい』と言ったのを、こいつが大仰《おおぎょう》に言い換えたのだろう。自分で食べる。スプーンを返してくれ」

「ええー、せっかくクレアがその気になってくれたんだしさ、一口くらい食べさせてもらいなよ。

レディの気遣いを無下にするなんて失礼じゃないか」

台詞だけならばまっとうだが、そういうウィルの顔には人の悪そうな笑みが浮かんでいる。

間違いなく、この状況を楽しんでいるのだ。

リアムはますます渋い表情になるが、ウィルが引く様子はない。

クレアは小さく溜め息をつくと、そっとリアムに話しかけた。

「あの……では、この一口だけでも召し上がっていただけませんか？」

とりあえず一口だけでも食べさせれば、ウィルの遊び心も満たされるだろう。

そう思って口にした言葉に、リアムは目に見えてわかるほど視線を泳がせた。

「あ、でも、ご不快なら無理にとは――」

言いませんが、と言いおえる前に「不快ではない」と遮られる。

「確かに、こうして睨《にら》みあっていても時間の無駄だ。一口食べれば、この嘘つきも満足するだろう。……おまえもそれでいいな？」

「ふふ、いいよ！　貴重な一口をじっくり味わってね！」

にんまりと目を細めるウィルをジロリと横目で睨《にら》んでから、リアムはクレアに向き直った。

「そういうことで、よろしく頼む。……さっさとすませてくれ」

「はい」

コクンと頷いて、クレアはムースの器を持ち上げ、淡い紅色のムースを一匙すくい取る。

――わ、思ったよりもやわらかいのね……！

口に入れればすぐさま蕩《とろ》けてしまいそうな、ふんわりとしたサーモンのムースを、爽やかな緑のバジルソースが伝っていく。

それがスプーンからこぼれ落ちる前にリアムの口に運ぼうと、クレアは慌てて彼の唇にスプーンを近付けた。

「はい、あーん！」

焦りもあいまって孤児院時代の言葉がついついこぼれでて、リアムが「は!?」と驚きの声を上げる。

やってしまったと思いながらも、クレアはそのひらいた唇の隙間にスプーンを押しこんだ。

「っ、……ん」

一瞬パチリと目を瞠《みは》った後、リアムはグッと眉間に皺《しわ》を寄せ、何とも渋い顔で目蓋《まぶた》を閉じた。

そして、クレアの手に手を重ねてスプーンを奪い取ると、カチリと皿に置き、ふう、と溜め息をついて口をひらく。

「……ありがとう、クレア。だが介助はもう結構だ。後は自分で食べる。君も人の世話など焼いていないで自分の食事に戻るといい」

いつも通り可愛げのない言い方ではあったが、心なしかいつもよりも早口で告げるリアムの目元は薄っすらと朱に染まっている。

――リアム様でも照れることがあるのね。

いつもは自分の方が翻弄《ほんろう》され、照れたり焦ったりしてばかりなので、何だか微笑ましく感じて、クレアは思わず、ふふ、と笑みをこぼす。

すると、リアムはまた驚いたように目を瞠《みは》り、グッと眉を寄せるとクレアから視線をそらし、代わりに二人のやりとりをニヤニヤ笑いで見物していたウィルを睨《にら》みつけた。

「おまえもだ。見ていないで、さっさと食べろ」

「おお、怖い怖い、照れ隠しの八つ当たりかなー？」

「口も手も空いているのなら、さっさとすませて探知の準備でもしたらどうだ」

「ふふ、了解！」

ウィルはそれ以上からかうことはせず、スプーンを手に取る。

そしてクレアが席を立ち、いつもの席に移動して腰を下ろしたときにはムースを食べおえていた。

次いで、さっさとスープを飲み干してスプーンを置き、ナイフとフォークに持ちかえる。

——慣れていると、急いでいても下品に見えないのね……

がっついているといえるほどの速さで食べ進めていても、その所作はあくまで優雅で、決して粗野には見えない。さすが王子様といったところだろうか。

クレアが感心している間に、ウィルはものの数分でデザートの苺のクリームがけまで食べおえ、ナプキンで口を拭って席を立った。

それから、クレアが座っているのとは反対側のお誕生日席に回ると、リアムの持ってきた地図を引き寄せ、バサリと広げる。

——いったい、何が始まるのかしら？

クレアは、もくもくと料理を口に運びつつ、成り行きを見守る。

地図はどうやらこの国の全図の他に、各地方の地図もそろっているようで、それがさらに地域ごとに分かれているらしい。

それをウィルは、国の全体図、地方の全体図、さらに細かい地図となるように並べ替えているようだった。

「……さて、始めるか」

ウィルに続いて食事を終えたリアムが立ち上がる。

そして、チラリとクレアに視線を向けると「君はゆっくり食べるといい」と言いおいて、ウィルのもとへ向かった。

「それで、どこから始める？　全図でいい？」

二人並んだところでウィルがリアムに問う。

「いや、スクータ領の地図を出してくれ」

「了解」

頷いて、ウィルは地図の順番を思い切りよく入れかえた。

「よし……じゃ、始めよっか」

「ああ」

今度はリアムが頷いて、上着の内ポケットに手を入れ何かを取りだすと、右手の中指に着けた。

それは金の指輪のようだが、少し意匠《いしょう》が変わっていた。

指輪の手のひら側から細い金の鎖《くさり》が垂れ下がり、鎖《くさり》の先には、氷柱《つらら》のように先が細くなった水晶の欠片《かけら》が揺れている。

――きれい。あれで探知をするのかしら？

探知の準備がどうとか言っていたので、あの水晶と地図を使って探知を行うのだろう。

――リアム様の方が「探知」のギフトを持ってらっしゃるのね。

いったいどのようにして捜すのだろう。

クレアが興味深く見守っていると、リアムは手の平を下にして右手を地図の上にかざした。

「箱を取ってくれ」

「はーい。どっちから捜す？」

ウィルがリアムの持ってきた宝石箱の蓋《ふた》をパカリとひらいて尋ねると、リアムは「簡単な方から先にすませよう」と答えた。

「了解」

朗らかな返答と共に、金色のベルベットが貼られた箱の中から取りだされたのは、小さな小さな巾着袋だった。

まるで幼い子供が作ったようで、ずいぶんと縫い目が粗い。

その袋の口から、ウィルの手で引っぱりだされたのは金色の糸の塊――いや、毛だろうか。

人の髪の毛にしてはふわふわしすぎているので、猫かウサギのものかもしれない。

「はい、じゃあ頑張って」

一見すると糸くずのようにも見えるそれをウィルがリアムの左手に乗せると、リアムは「ああ」と頷いて目蓋《まぶた》を閉じた。

長い睫毛《まつげ》が白い頬に影を落とす。

一呼吸の間を置いた後、不意に、彼の右手から下がった水晶がユラリと動いた。

手を動かしたから——というような揺れ方ではなかった。

それならば、一度大きく揺れた後は、ユラユラと左右に均等に振れるはずだ。

けれど、水晶は何かに引っぱられるように、地図の上で一方向に向かって大きく揺れては中央に戻り、またそちらへと振り上がる。

「……どこかの家だな。外ではない」

ポツリと呟くなり、スッと目蓋《まぶた》をひらいたリアムが水晶に目を向けて、その揺れに従うように、ゆっくりと手を動かしていく。

——あの水晶が示す方角……の家の中に、目的のものがあるということ？

気付けばクレアは食事の手をとめて、ジッとリアムの手元に見入っていた。

それに気付いたのか、ウィルが楽しそうに目を細める。

「クレア、気になるの？」

「えっ、は、はい。探知とはこのように行うのですね」

「そう。ああやって捜したいものの手掛かりにふれるとね、まず、それがある場所の景色が浮かぶんだって。その後、地図を使って場所を絞りこんで、見えた景色と併せて特定するってわけだ」

ウィルが説明する間にも、リアムはジッと水晶を見つめながら手を動かしていく。

「今、リアム様が持ってらっしゃるのは、猫かウサギの毛ですか？」

「うん。シェルビー嬢、スクータ侯のご令嬢の愛猫の毛だよ」

「まあ、そうなのですね」

スクータ侯爵の名はクレアでも知っている。

隣国セクルス王国との国境に位置するスクータ領を治める人物で、四年前の盗賊団の討伐では、「王太子ウィリアムと協力して討伐にあたった」と聞いている。

――確か、奥様を三年前に亡くされたのよね。

侯爵はたいそうな愛妻家だったそうで、忘れ形見である一人娘をそれはそれは可愛がっているという噂だった。

「今、おいくつなのですか？」

「ん？　シェルビー嬢は十歳で、猫は十一歳だよ。猫の方が一歳お兄ちゃんだね」

「それは……さぞ、心配でしょうね」

一人っ子ということは、その猫と兄妹のように育ってきたのだろう。

「うん。あの辺りは山が深いから、山に入ってしまったら、なかなか見つけられないだろうし……シェルビー嬢は毎日大泣きで、スクータ侯は大弱りだろうね」

ウィルがクスクスと笑う。ずいぶんと二人について、よく知っているようだ。

「スクータ家の方々と、交流がおありなのですね」

「うん、それなりに。シェルビー嬢や奥方に会ったのは私だけだけれどね。四年前の盗賊団の討伐で、しばらく彼の邸に世話になって、そのときにシェルビー嬢や奥方にも会ったんだ」

「そうなのですね」

そういえば、とクレアは思いだす。

盗賊団の討伐の際、追いつめられた一味がスクータ侯爵夫人と令嬢を人質に取ろうと、彼女たちの乗った馬車を襲ったが、ウィリアムの転移で難を逃れたと聞いたことがある。

「奥方はあまり身体は丈夫ではないけれど料理が上手な方でね、兵や私によく差し入れをしてくれたよ。そのおすそわけを狙って、シェルビー嬢の猫がやってきたりしてね……ふふ、懐かしいな」

そのときの縁、いや御礼ということなのだろうか。

それにしても、王太子が猫捜しとは、よく引き受けたものだ。

「……お二人のギフトは、国家の大事に関わることにしか使われないものだと思っていました」

「侯爵の依頼は『妻の形見のアメジストの指輪が見当たらなくなったので、捜してほしい』というもので、猫はあくまで『ついで』だ。スクータ領は国防の要の一つだからな。恩は売れるときに売れるだけ売っておいた方がいいだろう？」

ポツリと呟いたクレアの言葉に、探知を続けていたリアムが身も蓋《ふた》もない答えを返す。

「ふふ、クレア、こんなこと言っているけれどね。猫の毛だけを送ってきても、この皮肉屋は断らなかったと思うよ？」

「……黙れ、気が散る」

クスクスと笑うウィルをジロリと横目で睨《にら》み、地図へと向き直ったリアムの表情にクレアは目を引き寄せられる。

揺れる水晶の先を見つめるその顔は、真剣そのものだった。

決して、「ついで」でこなしている表情ではない。

空色の瞳には「絶対に見つけてやる」という強い意志が浮かんでいる。

その顔を見れば、素直に信じられる気がした。きっとウィルの言うように、頼まれたのが猫だけだったとしても、こんな風に捜していただろう、と。

――子供には、おやさしいのね。

しみじみと心の内で呟きながら、ふわりと頬をゆるめた――その瞬間。

ふっとクレアの中で、唐突に何かがほどけるような心地がした。

――いいえ、子供だけじゃないわね。

クレアにだって、そうだったはずだ。

リアムの物言いは皮肉屋だが、行いだけを見れば、彼はいつもクレアを思いやってくれていた。

――それに、リアム様だけじゃない。

ウィルも言葉は軽薄だし、いささか調子のいいところもあるが、クレアを傷付けるような行動はしていない。

昨夜だって、ちょっぴり意地悪はされたものの、クレアが嫌がる行為を強いたりはしなかった。

そうだ。思い返せば、この十一日間。いつだって、二人はクレアに負担をかけぬよう、気遣ってくれていた。

しぶとく心に残っていた彼らへの反発心——頑《かたく》なな結び目のようなものがほどけていくのを感じながら、クレアは、ふと思った。

——もしかして、最初にバカにされたと感じたのも、私の勘違いだったのかしら……？

あのときは「孤児だから見下しているんだ！」と決めつけてしまったが、本当は彼らにはクレアを蔑《さげす》む意図はなく、ただ少しからかっただけだったのかもしれない。

もちろん、からかっただけなら問題ないというわけではないだろう。

それでも、必要以上に悪く受け取る必要はなかったはずだ。

——色眼鏡をかけて見ていたのは、私の方だったのかもしれないわね。

侮《あなど》られていると思いこんでいたから、二人のやさしさを心からは信じられなかった。

けれど今、そのやさしさが自分ではない誰かに向けられているのを目にして、ようやっと素直に認めることができたのだろう。

——そうよ……おやさしいのよね、お二人とも。

それなのにひねくれた見方をしていた自分が実に子供っぽく、恥ずかしく思えてくる。

——これからは……ちゃんとするわ。

変に身構えたりせず、きちんと二人を見て、向きあっていこう。

そうクレアが心に決めるのと同時に、リアムの確信に満ちた声が響いた。

「……やはり、ここで間違いないな」

クレアが唐突な気付きを得て、自分を省みているうちに、いつの間にかシェルビー嬢の猫捜しは終わっていたようだ。

水晶の先が指し示しているのは、スクータ侯爵邸から、少し東にずれた一点だった。

どうやら猫は侯爵邸から百メートルも離れていない民家にいるらしい。

これならすぐにでも保護できそうだと安堵しつつも、クレアは素朴な疑問を口にする。

「……ここの住人の方は、ご領主の猫がいることに気付かなかったんでしょうか？」

当然の疑問にウィルが苦笑いで答える。

「うーん。確かこの家は、だいぶ高齢のご婦人と猫の一人と一匹暮らしだったはずだから……猫が友達を連れてきたとでも思って、気にしなかったんじゃないかな？」

「なるほど……それは、ありえますね」

「何にせよ、無事なのはわかったのだから、それでいいだろう」

猫の毛を巾着袋に戻しながら、リアムが締めくくる。

「まあ、それもそうか。これで侯爵は一安心だろうね！　きっとシェルビー嬢に泣かれて弱りきっているだろうし……」

「そういえば、侯爵様はどのような方なのですか？」

国防の要となる領地を治めているということは、武人らしい勇壮な人物なのだろうか。

「裏表のない、謹厳実直という言葉がよく似合う人だよ。寝返られると痛い地域だけれど、彼なら金や地位で動いたりしないって信じられる。そんな人だ」

「そうだな。信頼に値する人物だ。娘に甘いのが玉に瑕《きず》だが」

リアムが巾着袋の口をキュッと締めつつ補足すると、ウィルは「そうだね」と頷きながら巾着袋を受け取って、代わりに宝石箱をリアムに手渡した。

「シェルビー様は、どのようなお子様なんですか？」

「ふふ、可愛いけれど、ずいぶんとお転婆《てんば》だったよ。運動が得意で身体を動かすのが好きなんだ。私と一緒だね！」

「彼女は次期領主として、領地経営や施政学を熱心に学んでいるそうだぞ。おまえと一緒にしては失礼だろう」

宝石箱を左手に載せ、蓋《ふた》をあけて中を確かめながら、チクリとリアムが言う。

「えー、ひどいなぁ」

「……ウィル様は、あまり勉強がお好きではないのですか？」

「うん。好きでもないし得意でもないかな。でも、代わりに肉体労働を一手に引き受けているわけだし、文句を言われるすじあいはないと思うんだけれどなぁ」

そう言ってウィルは、ふふ、と得意げに目を細めた。

「知識や教養では敵わないけれど、剣の腕はこの皮肉屋より私の方がずっといいんだよ！　どう、クレア？　カッコいいでしょう？」

「それは……」

素直に褒めてしまっていいものかとチラリとリアムの顔色を窺《うかが》うと、リアムは、どうでもいい、と言うように、ひょいと肩をすくめて答えた。

「私に遠慮せず、存分に褒めてやれ。剣の腕もダンスも乗馬も、私の方が劣っているのは事実だ。双子といえど、すべて同じ才能をもっているわけではないからな。追いつけるよう鍛錬を増やせば、体格が変わってきてしまう」

「まあ、得意分野が分かれているからこそ、完璧な『ウィリアム』でいられるというわけだね！」

クスクスと笑いながら、ウィルが付け足す。

「私は肉体労働専門。政務や何かの頭脳労働は、この人の仕事。それでいいんだよ」

「そうか？　今からでも遅くないぞ。頭の中身は見えないのだから、いくらでも努力次第で同じになれるはずだ」

「いやぁ、面倒事――じゃない、頭脳労働は君に任せておくって！」

「まったく……」

悪びれる様子もないウィルの言葉にリアムは呆れたように溜め息をつくと、宝石箱に視線を戻し、スッと目蓋《まぶた》を閉じた。

左手に宝石箱を載せ、右手は地図の上。

先ほどと同じ体勢だが、先ほどと違い、十数えるほど待っても水晶に変化は起こらなかった。

リアムが微《かす》かに眉を寄せ、目をつむったまま、宝石箱を両手で持ち直す。

それから、何かを探るように蓋《ふた》を撫で、ギュッと両手で強く握りこんでゆるめると、ゆっくりと目蓋《まぶた》をひらいた。

「……どうかなさったのですか？」

おそるおそるクレアは尋ねる。

宝石箱を見つめるリアムの瞳には、初めて目にするような厳しい怒りの色が浮かんでいたのだ。

リアムは眉間に皺《しわ》を寄せながら宝石箱をゆっくりと地図の上に置いて、ボソリと呟いた。

「……間違いない。これは盗まれたのだ」

「え？　犯人の顔が見えたのですか？」

「いや、靄《もや》がかかって見えるのだ」

「靄《もや》が？」

靄《もや》がかかった光景ということは、霧深い場所ということだろうか。それでどうして盗まれたことになるのだろう。

クレアは首を傾げるが、ウィルには通じたようだった。

サッと表情を引き締めて、リアムの手元を覗きこむ。

「この間と同じってこと？」

「ああ、そうだ」

軽く頷くと、リアムは戸惑うクレアに視線を向けて説《と》いた。

「……先月、とある領主から『家宝の短剣がなくなったので捜してほしい』という依頼を受けた。結果的にそれは隣国との国境に近い廃屋から、いくつかの盗品と共に見つかったのだが……」

「他にも盗まれていたものがあったのですか？」

「ああ。数の多さからして、おそらくは組織的な犯行だろう。……盗まれているのが物品だけならまだいいが、行方がわからなくなった者がいないか調べてみる必要があるな」

眉根を寄せてウィルが呟いた言葉に、クレアの背に冷たいものが走る。

——また、四年前みたいなことが起こっているのかしら。

あのときに討伐された盗賊団も、最初は小さな盗みをするだけだったのが、仲間が増えるにつれて、襲う対象の規模や被害が大きくなっていったと聞いている。

——怖いわね。

思わずクレアが眉をひそめると、リアムは「調べがつき次第、早急に手を打つつもりだ」と、安心させるように告げ、本題に戻った。

「とにかく、そのときに短剣を収めていたケースを使って探知をしたのだが、そのときにも、今回と同じように靄《もや》がかかって見えたのだ」

「距離が離れすぎているから、とかですか？」

「それなら靄《もや》すら見えないはずだ。以前、どこまで離れたら捜せなくなるのか試したことがある。そのときは、国を出た辺りでプツリと見えなくなったが、その瞬間まではハッキリと見えていた」

「……では、その靄《もや》は何なのでしょうか」

クレアの問いに、リアムはジッと宝石箱を見据えて静かに答えた。

「おそらく、誰かのギフトだ。ギフトの力で探知を妨害している者がいるのだろう」

「……え、そんなギフトを持っている人がいるんですか？」

「いてもおかしくはないよ」

ウィルが真剣な口調で言う。

「ギフトは人の数だけ違うものがあるからね。方向感覚を狂わせるギフトとか、ギフトの力を打ち消すギフトだとか、後は、単純にものを隠せるギフトの持ち主だっているかもしれない」

そう告げられた瞬間、クレアの頭をよぎったのはミーガンの顔だった。

――いやいや、まさか！

ミーガンはそんなことはしない。

悪戯《いたずら》好きで甘えん坊だけれど憎めない、孤児のクレアにも積極的に声をかけて仲良くしてくれる、無邪気で明るい人なのだ。

――犯罪に手を染めるなんて、ありえないわよ！

それに彼女は暮らしにも困っていないし、盗みなどする理由がないではないか。

似たようなギフトを持つ人間は、他にいくらでもいるはずだ。

クレアは、ぶんと頭を振って疑念を追い払うと、リアムに尋ねた。

「それで、靄《もや》がかかっていると、それ以上は捜せないのですか？」

「いや、時間はかかるが大丈夫だ」

「そうですか……よかった」

クレアがホッと胸を撫で下ろすと、リアムはいつもの皮肉げな笑みを浮かべて続けた。

「安心してくれ。君に案じられるほど、私のギフトは無能ではない」

「えっ、あ、いえ！　そういう意味では――」

彼のギフトをけなすつもりはなかったのだ、と訴える間もなく、スッと片手を上げて制される。

「私のことよりも、料理が冷めるのを気にした方がいいと思うぞ」

「え？」

「そうだね。さっきから手がとまっているし……こっちのことは大丈夫だから、ゆっくり食べてね」

「ああ。君が食べおえる頃までには場所を絞っておく。カートの受け渡しのときに神官長に渡す約束だからな」

「神官長様に？」

意外な人物の名にパチリと目を瞠《みは》るクレアに、リアムは「そうだ」と笑みを深めて告げた。

「夕食が終わる頃に取りに来るように命じてある。だから、戻す時間が遅れれば、その分だけ彼を待たせることになるぞ」

「えっ⁉　そ、そういうことはもっと早く言ってくださいよ！」

クレアはナイフとフォークを持ち直すと、慌てて食事を平らげにかかったのだった。


それから、二十分後。

いつものようにカートを押して部屋を出て行ったウィルとリアムが戻ってきたとき、リアムの目元には、いつになく疲れの色が滲《にじ》んでいた。

「……リアム様、大丈夫ですか？」

クレアは立ち上がって駆け寄り声をかける。

けれど、返ってきたのは「ああ、まったくもって大丈夫だ」という、彼らしい答えで、クレアは思わず眉をひそめる。

――まったくもって、ってほどではないでしょうに。

スクータ侯爵邸から探知を始めたものの、指輪があったのはクレアたちのいる王都だったのだ。

どうやら探知は探る場所が遠く、辿《たど》る距離が長いほどに負荷が強まるようで、王都郊外の廃屋に行きついた後、リアムは目頭を押さえて、そっと溜め息をこぼしていた。

クレアがギフトを使いすぎたときは胸が苦しくなり、貧血めいた状態になるが、リアムは目に負担がかかるのだろう。

――とはいえ、ここでしつこく心配しても嫌がられそうよね。

強がりたいのなら、その気持ちを尊重することにしよう。

「そうですか。それは何より――」

「嘘だよ、すっごい疲れているよー！」

クレアの言葉を遮るように、楽しげなウィルの声が被さる。

「……ご本人は疲れていないとおっしゃっているのに、どうしてウィル様にわかるのですか」

「そりゃ、双子だからさ……ねぇ？」

ニヤニヤと笑みを浮かべたウィルがリアムに意味ありげな視線を送り、リアムがいかにも嫌そうに顔をしかめる。

——ウィル様は、本当にイイ性格をしてらっしゃるわよね……リアム様も大変だわ。

色眼鏡を取り払う前は、自分だけがからかわれているような気がしていたが、今はわかる。

ウィルのからかいの矛先《ほこさき》は、片割れであるリアムにも容赦なく向けられているのだ。

——昔っから、こうだったのかしら……？

からかい好きと皮肉屋。いい勝負だ。

少年時代の二人が、からかいと皮肉の応酬をしている様子を思い浮かべて、呆れと微笑ましさがないまぜになった心地になる。

「それで、仮にリアム様が疲れているとしたら、ウィル様はどうするべきだと思ってらっしゃるのですか？」

クレアが苦笑まじりにウィルに尋ねると、ウィルは話に乗ってくれたのが嬉しいのか、キラリと瞳を輝かせて、ますます人の悪い笑みを深めた。

「うーん、そうだなぁ、クレアのギフトで治せたりする？」

「いいえ、残念ながら」

信徒に対して何度か試したことがあるが、ギフトによる消耗はギフトでは治せないのだ。

「そう、残念だね」

残念さなど微塵《みじん》も感じない口調で言うと、ウィルは「ギフトがダメなら、何がいいかなー？」と小首を傾げて考えこむふりをしてから、「そうだ！」とわざとらしく手を打った。

「別の方法で癒してあげたらどうかな？」

「別の方法？」

「そう。君にしかできない、特別な方法で……ね？」

明確に言葉に出されはしなかったが、細められた空色の瞳や形の良い唇にジワリと滲《にじ》む色香で、その「特別な方法」とやらが何を意味しているのかは、クレアにもわかった。

「……それが癒しになるのですか？」

そっとリアムに視線を向けて尋ねると、リアムは微《かす》かに眉間に皺《しわ》を寄せてボソリと答えた。

「……ならなくもないが、今夜は結構だ」

「どうしてですか？」

これまでのリアムの言動からして、クレアと「そういう行為」をするのが嫌というわけではない――はずだと思う。おそらく。

それなのにどうして――その疑問の答えは彼の視線を辿《たど》るとわかった。

空色の瞳はクレアの足元、今日のダンスの練習で傷んだつま先に落ちていたから。

きっと、疲れているクレアに負担をかけたくないと思ったのだろう。

そう気付いた瞬間、この人になら身を委《ゆだ》ねても大丈夫だろう、と自然に思えた。

「……リアム様」

「なんだ」

「癒す必要はないとしても……次の夜のレッスンは、リアム様のお約束でしたよね？」

「は？　あ、ああ、そうだったな」

戸惑いと少しの期待が滲《にじ》むまなざしを受けて、トクリとクレアの鼓動が跳ねる。

気恥ずかしさにそっと視線をそらすと、ウィルと目が合う。

一瞬、からかわれるかと身構えるが、クレアを見つめるウィルの唇にはニヤニヤ笑いが浮かんでいたものの、その目は、どこか満足そうに細められていた。

どうやらクレアのこの行動は、彼にとって「正解」らしい。

――ウィル様は、私にリアム様とも仲良くしてほしいのね。

そして、きっと、あわよくばそのまま「三人で仲良く」なりたいのだろう。

――なんて、いやらしい……！

ジワリと頬に熱が集まるが、それでも、色眼鏡をかけていた頃に感じていたような怒りや拒否感はこみあげてこない。

考え方が少し変わるだけで、感じ方もここまで変わるものなのか、と不思議な感慨を覚えつつ、クレアは、あらためてリアムに向きあった。

「……では、どうぞよろしくお願いいたします」

あなたのことをもう少し知りたい――そんな気持ちをこめて見つめると、リアムはわずかに目を瞠《みは》った後、ふっと目元を嬉しげにほころばせた。

「……わかった」

静かに頷いて、それからリアムは照れ隠しのように――と言うには可愛げのない表情だったが――唇の端をつり上げると、いつもの皮肉げな笑みを浮かべて言った。

「……君のお望み通り、謹んで今夜の講師役を引き受けよう」

空色の瞳に、仄《ほの》かな熱を滲《にじ》ませながら。

＊＊＊

その夜。

リアムの訪れを告げるノックの音が響いたのは、クレアが鏡台の前に腰を下ろして、乾きかけの洗い髪に櫛《くし》を入れているときのことだった。

「……クレア、私だ。入ってもいいか」

「はい、どうぞ」

答えを返しながら櫛《くし》を置いて立ち上がり、扉に向かって歩いていく。

ノブを捻ってひらいて、ランプを片手に佇む美しい訪問者を目にして、クレアは既視感と違和感を覚えた。

昨日と同じ光景のようで、少しだけ違う。

顔も体型も服装さえも昨日のウィルと同じだが、本日の訪問者であるリアムは、シャツの襟元の編み上げをきっちり上まで閉めている。

洗い髪には少し湿り気が残っているものの、きちんと櫛《くし》を通して整えられていた。

手にしているものも違う。

昨夜のウィルは右手にランプをぶら下げていただけだが、今日のリアムはランプに加えて、左手に水差しとグラスの載った銀の盆を手にしている。

昨夜はレッスンが終わった後に喉の渇きを覚え、二人で厨房に水を飲みに行った。

そのことをウィルから聞いて、今日はあらかじめ用意したのかもしれない。

――間違い探しみたいだわ。

そういえば、入室の仕方も違っていたわね――とクレアは思う。

昨夜のウィルは「お邪魔するね！」と、じゃれつく子犬のようにいそいそと自ら扉をひらいて、満面の笑みで入ってきた。

今夜はクレアが扉をあけて、訪問者を迎え入れている。

そして、クレアを見下ろすリアムの表情は唇の端が笑みの形に上がっているものの、少し硬い。

――似ているようで、ぜんぜん違うのね。

どちらが良いでも悪いでもなく、その違いが何だか不思議と微笑ましく、ある意味では感慨深く感じられた。

「……こんばんは、リアム様。さあ、どうぞお入りください」

ニコリとクレアが笑いかけると、リアムは「ああ」と頷いて、ホッとしたように表情をゆるめた。

彼を招き入れて扉を閉め、昨夜と同じく寝台に向かおうとしたところで、かしゃん、とランプを持ちかえるような音が響いて、そっと手首をつかまれ引きとめられる。

「……リアム様？」

いったいどうしたのだろう。もしや寝台ではなく、別の場所でのレッスンをご希望なのだろうか。そんなことを考えながら振り返ったところで、そっと顎をすくわれて。

「……え？」

息を飲むほど美しい顔が近付いてきたかと思うと、次の瞬間には唇が重なっていた。

肌理《きめ》の細かい目蓋《まぶた》と煙《けぶ》るように長い睫毛《まつげ》が視界いっぱいに広がり、クレアはそれをパチリと目をみひらいたまま、まばたきすら忘れて見つめる。

やがて、ゆっくりと離れたリアムが目蓋《まぶた》をひらいて、クレアの表情を見るなり、怪訝《けげん》そうに眉をひそめた。

「……どうした？　私では嫌か？」

「へ？　あの、どういう意味でしょうか？」

「あいつから、君は口付けが好きだと聞いていたのだが――」

「えっ⁉　い、いえ、初めてですけれど……」

昨夜は口付けなどしなかった。そう伝えるとリアムは「初めて」と半ば呆然と呟いてから、口元を手で覆い、小さく毒づいた。

「あいつ、また嘘をついたな」

その呟きにクレアは理解する。

昨夜、ウィルが口にした「とっておく」とは、リアムのためにという意味だったのだ。

「……初めてなら、もう少しもったいぶってやるべきだったな」

仄《ほの》かな恨みがましさの滲《にじ》む言葉に、クレアも同意する。

せっかくの初めてだったのに、ポカンとしている間に終わってしまった。

――どうせなら、もう少しロマンティックに済ませたかったわ。

心の中でぼやいたところで、一足先に立ち直ったリアムがスッとクレアに視線を戻し、唇の端をつり上げる。

「まあ、済んだことは仕方がない。所詮、口付けは閨事《ねやごと》の入り口だ。さあ、クレア。続きといこう」

そんな誘い文句と共に手を引かれ、昨夜とは反対に先を行く背中を追いかけるように、クレアは寝台へ歩いていった。


コトンと音を立て、ランプと銀の盆がナイトテーブルに置かれ、二人で寝台に上がる。

敷布《しきふ》の上で向きあったところで、つないだ彼の手が離れ、そっとクレアの頬にふれる。

それから、スッと指を横に滑らせて、予告のようにクレアの唇をなぞると、リアムは仄《ほの》かな熱を滲《にじ》ませて囁いた。

「……一度したなら、もう何度しても同じだろう。もう一度、してもいいか」

最初の一言は余計だ。本当に可愛くないのだから。

そう思いながらもクレアはコクンと頷いて、両手を膝の上でそろえると、今度はきちんと目蓋《まぶた》を閉じた。

「……どうぞ」

囁きを返すと同時に、ふわりと彼が近付く気配がして、唇にやわらかな衝撃が広がる。

――意外と……可愛い感触なのね。

トクトクと胸が高鳴るのを感じつつ、そんなことを思う。

自分の唇の感触など意識したこともないが、彼のそれは、ふにふにとしてそれでいて弾力があり、何というのか少し、子猫の肉球に似ている。

そう思ってしまって、ふふ、とクレアが小さく笑みをこぼすと――おそらく、煽られたと思ったのだろう――頬に添えられていたリアムの手がスッとうなじに回った。

その指にギチリと力がこもるのを感じ、トクンと鼓動が跳ねた瞬間、薄くひらいたクレアの唇に彼の舌が潜りこんできた。

「んっ、……っ、ふ、ぁ」

無防備な舌を搦《から》めとられて、ゾクリと後頭部に不思議な痺《しび》れが走る。

反射のように舌をひっこめると、今度は上顎を舌先でなぞられて、くすぐったさに似たむず痒いような感覚が広がった。

――何これ、変……なのに、気持ちいい。

聞きかじった恋愛話や物語で想像していた口付けは、もっとやさしくて可愛らしいものだったが、現実のそれはずっと生々しくて深くて熱い。

彼の舌が動くたびに、水音と共に甘い痺《しび》れが頭の芯に響いて、蕩《とろ》かされていくようだ。

「ん、ふ、……ぅ、ふぁ、んっ」

クレアはギュッとシフトドレスの裾を握りしめて、未知の刺激に耐える。

それでもやがて堪えきれなくなって、クレアは気付けば手を伸ばし、目の前の身体に腕を回してすがりついていた。

シャツ越しに伝わる引き締まった身体の感触に、いっそう鼓動が跳ねた次の瞬間。

は、とリアムの息が乱れて、グッと抱き返されたと思うとクレアの視界が縦に回った。

白銀の髪が敷き布に散り、覆いかぶさる男の手がシフトドレスの襟ぐりにかかって、とめる間もなく引き下ろされる。

「……あっ」

ふるりとこぼれでた二つのふくらみに、最初よりも数段熱量の増した空色の視線が突き刺さり、クレアは小さく身を震わせる。

「……クレア、怖いか？」

問いながら、呼吸に合わせて上下する胸をそっと指先でなぞられ、クレアはそっと吐息をこぼし、ゆるゆると首を横に振った。

「怖くは、ないですが……恥ずかしいです」

「そうか。ならば問題ないな」

そんな本気か冗談かわからないことを口にしたと思うと、リアムはスッと背をかがめ、先ほどの口付けで煽られ、ツンと立ち上がっていたクレアの胸の先に口付けた。

「ん……っ」

昨夜、布越しに味わったよりも鮮明な刺激に、反射のように喘《あえ》ぎがこぼれる。

我ながらたやすい身体だと少しばかり情けなくなるが、クレアのその素直すぎる反応をリアムはお気に召したようだった。

「……ぁ」

クレアを見つめる空色の瞳に灯《とも》る熱がジワリと高まり、クレアの鼓動も跳ねる。

そのまま目をそらせずにいると、彼はクレアと視線を合わせたまま、両手をクレアの胸に這わせ、淡く色付いた頂きを左右それぞれの指の腹ではさんで、ゆっくりと押し潰していった。

少しずつ少しずつ、どこまでクレアが耐えられるか、いや、どれくらいの力加減が好みなのかを探るように。

真剣に、ともすればまばたきすら惜しむようにしてクレアを見つめながら。

「……ん、……ぁ、……はぁ、ぅ」

最初は気恥ずかしさが勝っていた。

それが段々と胸の先から甘い痺《しび》れが広がり、おなかの奥がきゅうと疼きはじめる。

けれど、ある一点を超えたところでズキリとした痛みに変わって、うっ、と顔をしかめた途端、スッと刺激が弱まる。

じいんと残る余韻めいた熱に、クレアが小さく息をついたところで、再び、彼の指に力がこもりはじめる。

そして、先ほどクレアが痛みを訴える寸前、一番甘い痺《しび》れが強くなったところでとめると、やさしく左右に捻ってきた。

「っ、ふ、ふっ、んんっ、ぁ、く……っ、ぁ」

下腹部の疼きが増し、足の付け根に熱がこもっていく。

知らず知らず、すりりと膝をすりあわせたところで、またリアムの手から力が抜けて、クレアは思わず惜しむような声を漏らしてしまう。

けれど、クレアの熱が冷める前に、彼の手に、また力がこめられる。

それを何度か繰り返して、リアムはクレアの耐えられる——好む嬲《なぶ》り方を覚えていった。

やがて、学びの成果に満足した彼が手を離したときには、クレアはすっかり汗ばみ、ジンジンと胸の先が痺《しび》れ、ふっと息を吹きかけられるだけで大げさに身体が跳ねるほどの状態になっていた。

「……さて、次だな」

熱の滲《にじ》む声で呟いたリアムに膝をつかまれて、クレアはビクリと身を震わせる。

シフトドレスは胸を嬲《なぶ》られている間に引き下ろされ、クレアの身を守るものは何もない。

膝をひらかれれば無防備なそこが、先ほどの刺激ではしたないほどに濡れそぼっているであろう場所が、彼の眼前にさらけだされることになる。

——嫌、今、ひらかれたくない。

抗うように力をこめると、その膝に口付けられる。

「……クレア、私が嫌だから拒んでいるのか、恥ずかしいだけなのか、どちらか教えてくれ」

眉を寄せて問う彼の表情は不満そうにも、不安そうにも見えた。

ジッとクレアを見つめる空色の瞳には乞《こ》うような熱が滲《にじ》んでいて、嘘でも拒むことなどできず、クレアは、もじもじと膝を擦り合わせながら、そっと視線をそらして素直に答えた。

「……恥ずかしいだけです」

「そうか。ならば問題ないな」

満足そうに頷くと、リアムは容赦なくクレアの膝を割りひらいた。

——ぎゃああ！　問題ないわけないでしょう！

心の中で悲鳴を上げるが、彼の手はゆるまない。

どうやらリアムの中では「クレアが嫌がるならばダメだが、恥ずかしがっているだけならば押し進めてかまわない」ということになっているらしい。

やさしいといえばやさしいが、ある意味やさしくない。

左右に広げられた上にグッと膝裏を押し上げられて、クレアは人生最大の羞恥を強いられることとなった。

「いやぁ、見ないで……！」

人前でこのようなポーズを取ったのは、おむつを着けていた赤ん坊の頃以来だ。

といっても当時の記憶などないので、実質的には人生で初めてといっていいだろう。

羞恥に震えるクレアに、リアムは唇の端に笑みを浮かべて当然のように言い放った。

「見ずには舐められぬだろうが」

「はぁ!? いやいや、待って！ 待ってください！」

「待つ？ 何のためにだ、恥ずかしいからか？」

「そ――」

そうです、と言いたかったが、それではとめてもらえない。

クレアは必死に思考を巡らせて、どうにかそれらしい理由を見つけだした。

「そ、そうだわ！ リアム様もお脱ぎになってください！」

これならばいいだろう。彼が服を脱ぐ間、心の準備ができる。

そう思ったのだが、リアムは微《かす》かに眉根を寄せると、クレアの膝から手を離すことなく言葉を返してきた。

「……あいつは脱いだのか？」

「え？ ウィル様ですか？ はい、最終的には」

最初はシャツだけだったが、最後の方は逞《たくま》しい身体を惜しげもなく披露してくれた。

「そうか。……ということは、脇腹の傷を見たのだな」

「は、はい。見ましたが……」

だから、どうだと言うのだろう。

不思議そうに見上げるクレアをリアムは何かを探るように見つめていたが、やがて、フッと唇の端をつり上げるとサラリと宣言した。

「ならば、私は脱がない」

「えっ⁉　どうしてですか？」

「脱げば、傷のあるなしで見分けがつくようになってしまうからな」

「あ、た、確かに！　……って、それで隠すのはずるくありませんか⁉」

当然のクレアの抗議に、リアムはフッと目を細めると「冗談だ」と答えた。

「私には傷はない」

「……そうですか」

クレアがホッと安堵の息をつくと、リアムは「だが」と唇の端をつり上げた。

「少しは疑いの余地を残しておいた方が、君もスリルを楽しめるだろう」

「はい⁉　いえ、そういうスリルはいりませんよ！」

「どうしても確かめたければ、無理やりにでも私を脱がせてみるといい」

「無理に決まっているじゃないですか！」

「ならば当日のお楽しみだ……ということで、私は脱がないし、待たない。いいな？」

「よくありませ――ぁあっ」

上げようとした抗議の声は、容赦なく股間に食らいつかれた刺激で嬌声へと塗り替えられた。

「……っ、ぁ、ぁあっ」

蕩《とろ》けた割れ目を熱い舌でなぞり上げられ、羞恥と快感に背筋が震える。

そのまま、ちゅぴりと花芯に吸いつかれ、クレアの唇からは、ん、と抑えた喘《あえ》ぎがこぼれた。

そのまま舐め回されるかと思えば、リアムは上目遣いにクレアを見上げて命じてくる。

「クレア、私の頭に手を置け」

「え？　は、はい。……こうですか？」

「そうだ。離すなよ」

いったい何の意味があるのだろう。

クレアが首を傾げながらも素直に従うと、リアムは満足そうに微笑んで、再び顔を伏せた。

「……っ、ん」

尖《とが》らせた舌が花芯を根本から掘り起こすように、ぐるりと弧を描いていく。

ゾクゾクとした淡い快感にクレアは目を細めるが、ゆっくりとした動きは同時に、もどかしさも感じさせた。

ぷっくりとふくれた花芯を、やさしく舌の腹で撫でるように舐められて、は、と悩ましげな吐息がこぼれる。

もう少しだけ強い刺激が欲しい。

そんな欲望がこみ上げてきて、知らず知らず、彼の頭に添えた手に力がこもっていた。

途端、ふ、と笑う吐息が花芯をくすぐったと思うと、突然、舌先で花芯を弾かれ、押し潰された。

「っ、え、っ、ぁあ、ふっ、うぅっ」

グリグリと強く押しこまれ、小刻みに弾かれて、ズキズキと腰の奥に響く痛みにも似た快感に、きゅっとつま先が丸まり、ビクビクと跳ねる。

――うう、やだ、強いの、気持ちいい……っ。

言葉には出さずとも、クレアの手にこもる力やその他の反応で、こちらの方が好みだと伝わってしまったのだろう。

リアムはきつく花芯を吸い上げて、クレアに甘い悲鳴をあげさせると、舌先で殴りつけるように舐め回してきた。

「～～っ、ふ、ぅうっ、くぅ、ふ、んんっ」

次々ともたらされる強烈な快感に、クレアは唇を引き結んで身悶える。

腰をよじって逃げたくなるが、いつの間にやら両足をしっかりと抱えこまれ、押さえつけられて身じろぎさえできなくなっていた。

「っ、っ、あ、待って、くる、やっ、きちゃっ」

もつれた舌で訴えると、肌にかかるリアムの息遣いが荒くなり、愛撫の熱が増す。

「あ、ぅうっ、あ、ダメ、だめぇ……っ」

ふくれにふくれた快感が腹を満たして、きゅうっと縮こまる。

この後に、これが弾けて絶頂が来るのだ。

クレアはキュッと目をつむり、その瞬間に備える。

後一押し、そう思った瞬間。じゅるりと舐め上げられて、ポッとおなかの中で熱が弾けた。

「ぁああっ、――ひっ、んぅうっ」

ぶわりと身体を抜けていく絶頂の波に身を委《ゆだ》ねる間もなく、新たに与えられた刺激に、クレアは悲鳴じみた声を上げる。

ドロドロに蕩《とろ》けた蜜口に、リアムが指をねじこんだのだ。

幸い、敷布《しきふ》に滴《したた》るほど濡れそぼっていたおかげで、痛みを覚えることはなかった。

それでも、生まれて初めて受け入れる他人の指、それも細く見えても自分のものよりも一回り、いや二回りも太い男の指がもたらす圧迫感と違和感に、クレアは思わず身を強ばらせて、彼の頭に爪を立ててしまう。

その緊張が伝わったのか、リアムは右の中指の第二関節まで埋めたところで手をとめて、舌での愛撫に戻った。

「っ、……ふ、ぁ、あ」

先ほどの絶頂へと押し上げるための激しいものではなく、やさしくあやすように花芯を舐《ねぶ》られ、クレアの唇からは蕩《とろ》けた吐息がこぼれる。

段々と身体から力が抜け、それを見計らったように指の抜き差しが始まった。

「……ん、……っ、ふ、……ぁ」

ゆっくりと舐め上げる舌の動きと合わせて、彼の指がクレアの奥底を目指し、また抜けていく。

下腹部にじんわりと広がる快感がどちらからもたらされるものなのか、段々と境界が曖昧になりはじめるのに、さほど時間はかからなかった。

ふ、ふ、とクレアの息が上がっていくにつれ、花芯を嬲《なぶ》る舌の動きも中を擦る指の動きも激しさを増していく。そして――

「ぁあっ、はっ、やっ、んんっ、あっ、くぅうっ」

気付けばクレアは、先刻と変わらないほどの強さで花芯を舐《ねぶ》られながら、ぐちゃぐちゃと音高く蜜口を掻き回され、あられもない嬌声を張り上げていた。

——ダメ、これ、どっちもはダメ、さっきよりもっと変になる……！

花芯だけで達したときよりも、もっと奥深くから絶頂感がこみあげてくるのだ。

——それに、これ、さっきのより強い……やだ、怖い……っ。

さっきも身体の芯が弾けるような感じがしたというのに、さらに深くから強く弾けてしまったら、どうなってしまうのか。

未知の感覚にこみ上げる怖れに身を強ばらせ、きつく目をつむった拍子に、長い睫毛《まつげ》に弾かれた透明な滴《しずく》がこめかみを伝い落ちる。

次の瞬間、ふっと愛撫の手がとまり、右足を押さえる力が消えて、リアムの頭をつかんでいた手をそっと取られた。

「……ぁ」

うっすらと目蓋《まぶた》をひらき、クレアは自分の手に二回りほど大きい骨ばった手が重なっているのを見て、ふわりと目を細める。

伝わる温もりにホッと息をつき、彼の指に指を絡めて、そっとすがるように握りしめた。

それを合図に、とまっていたリアムの指と舌が動き始める。

もたらされる快感は先ほどと変わらず強烈なものだったが、それでも、もう先ほどのような恐れはこみあげてこなかった。

そうして、クレアはそのまま二度目の深く強い絶頂へと導かれていった。


絶頂の余韻が過ぎ、ようやく呼吸が整った頃。

くたりと敷布《しきふ》に身を沈めて、クレアは、ふう、と大きく息をついた。

――もう無理……動けない。

たった二度果てただけだが、それでも、もう今日は自分の足で歩ける気がしなかった。

このまま目蓋《まぶた》を閉じて、眠りの誘惑に身を委《ゆだ》ねてしまいたい。そう思いつつも、クレアはヨロリと寝返りを打ち、水差しからグラスに水を注いでいるリアムに声をかけた。

「……リアム様」

「ああ、わかっている。起きられるか？」

グラスを手に振り向いて、クレアを起こそうとするリアムを、クレアはそっと手で制する。

「いえ、それではなくてですね……」

「それではなくとも、ひとまず飲め」

「……はい、いただきます」

クレアはヨロヨロと身を起こし、グラスを受けとって口にする。

「……ん、美味しい」

微《かす》かにミントの香りがする水は、まだ冷たく、スッキリと喉を潤してくれた。

思っていたよりも喉が渇いていたようで、クレアは一口、また一口と飲み進め、気付けばすべて飲み干していた。

同じようにグラスを空にしたリアムが、クレアの手からグラスを取ると、二つまとめて盆に戻し、あらためてクレアに向き直る。

「……それで、どうした？」

「あのですね。ええと、今夜のレッスンの続きについてですが……」

「ほう、まだ物足りないのか？」

「えっ、いえ、違います！　私はもう充分です！」

ぶんぶんとかぶりを振ってから、クレアはそっと睫毛《まつげ》を伏せた。

「その……私ばかりでは、申しわけないなと思いまして……」

もごもごと訴えると、リアムは一瞬の間を置いてから、ふ、と小さく笑みをこぼして、クレアを腕の中に引き寄せた。

「返礼など気にするな。まずは君を知りつくしたい。私が楽しむのは、その後でいい」

「ですが……」

「最初から一緒に楽しみたいのなら、あいつと楽しむといい。私には私の好きな愛《め》で方がある」

突き離すような言い方に、クレアは思わずムッとしつつ、少し寂しくも覚える。

「……それが、リアム様のお好きなやり方なのですか？」

「そうだ。君の好みと違うのなら残念だが……まあ、好きな方を選べ。決めるのは君だ」

「本当に、私が決めてよろしいのですか？」

「ああ。もっとも、勝負に勝てたらの話だがな」

フッと皮肉げに笑いながらも、そこには深い憂いが混ざっているように見えて、クレアは何だか胸が締めつけられるような心地になる。

何と答えるべきか迷ってから、クレアはニコリと笑って言葉を返した。

「そうですね、精々頑張って勝たせていただきます。だって、どちらかを選ぶにしても、選ばないにしても、きちんとお二人を見分けた上で決めたいですから」

そう告げた瞬間、わずかにリアムが目を瞠《みは》り、それからゆるゆると睫毛《まつげ》を伏せた。

「……選ぶにしても、選ばないにしても、か……その可能性が、あったのだな」

噛みしめるように呟きながら、空色の瞳に燈火《とうか》めいた光が灯《とも》り——ふっと幻のように消えていく。

「……リアム様？」

いったいどうしたのだろう。そっと心配げに呼びかけると、リアムは痛みを堪えるようにギュッと目をつむり、それから、いつものように唇の端をつり上げて、クレアに向き直った。

「いや、たった十日で絆《ほだ》されてくれた君のあまりの純粋さに、己の心の醜さを実感してな……つい落ちこんでしまった」

「……はぁ!?」

人が真剣に心配していたのに、まさかそんなことを考えていたとは。

ムッとして睨《にら》みつけるクレアを、リアムは「すまない。正直に言わなければよかったな」などと謝罪になっていない謝罪を口にしながら抱き寄せる。

「……腹が立つので、もう今日はさわらないでください！」

背に回った腕を軽く叩くと、リアムは抗うことなく手を引いて、そっと身を離した。

「まあ、勝負はわからないが、まだ二十日ほどある。君が私たちを見分けられるよう、それまでは精々仲良くするとしよう」

「仲良くする気なら、今失せましたけれど!?」

「そうか。では、一晩寝たら戻るよう、偉大なるイシクル神とラヴァ神にでも祈っておこう」

そう言ってわざとらしく指を組み、天を仰ごうとするリアムの手をクレアはペシンと叩いて寝台から追い出す。

「戻るかわかりませんがもう寝ますので、お引き取りを！」

扉をビシッと指さして命じると、リアムは小さく肩をすくめて従った。

「……では、クレア。今日は疲れただろうからな、よく休め」

「はい、どなたかのおかげで疲れましたので！　おやすみなさいませ！」

喧嘩腰の挨拶にリアムは喉の奥で笑うと、「ああ、おやすみ」と応えて、くるりと踵《きびす》を返した。

そして、まっすぐに扉に向かっていって、がちゃりとひらいて扉の向こうに消える刹那《せつな》。

「……私は、君に負けてほしいとは思わない」

ひそやかにこぼした呟きは、枕にもたれて眠りかけていたクレアの耳に届くことはなかった。

第五章　嘲《あざけ》る女と唆《そそのか》す女

北殿に来て早二十日が過ぎ、ここでの暮らしにもだいぶ慣れた。

「……ええと、もう一度いいですか？」

丸テーブルを三人で囲みながら、クレアは正面に腰を下ろしたリアムに声をかける。

この日の午前の講義は語学の総復習。

二十日間で交易国の言葉を一通り教わり、挨拶と自己紹介だけはできるようになった。

それでも、どうしても耳で聞いた音と口から出る音がしっくり合わないものもあって、今日は今までの総ざらいと苦手な発音を重点的に教わっている。

「ああ、わかった。『本日は、お招きいただきありがとうございます。お会いできて光栄です』……さぁ、君の番だ」

流れるように紡がれるリアムの発声を頭に刻み、クレアは慎重に口をひらく。

そして、ゆっくりと例文を繰り返して――そっと口を引き結んだ。

――何か、違うのよね……

何となくそれらしくはなっていると思うのだが、リアムの発音とは微妙に違う気がするのだ。

舌を巻くようにして発音する部分が特に引っかかる。

「……気にするほどおかしくはないぞ」

クレアの表情から納得がいっていないことを察したのだろう。

リアムは教本を閉じて、フッと笑みを浮かべるとそう言った。

「そうだよ、クレア」

リアムの左隣に腰かけたウィルが、ニコリと笑って口をひらく。

「むしろ、それくらいの完成度の方が嫌味がなくていいと思うよ？　この人の発音は完璧過ぎて、『私よりお上手ですね』なんて、その国の大使に嫌な顔されちゃったこともあるからさ！」

「それは……災難でしたね」

「ああ。それを思えば、君の発音の方が万人の耳に心地よく感じられるだろう」

不完全さを褒められて少しばかり複雑な気持ちになりながらも、クレアは肩の力が抜けるような心地がした。

――よかった……講師のレベルが高すぎるだけで、私が特別ダメなわけじゃないのね。

ホッと息をついて、「ありがとうございます」と微笑んだところで、ウィルが尋ねてくる。

「クレアが気にしているのは、舌を巻く発音の部分でしょう？」

「え？　はい、そうです」

「そっか。皆、そこで引っかかるんだよね。私も苦手だったからわかるよ」

「そうなのですか？　でも、今はお上手ですよね」

ウィルの発音はリアムほどではないが、クレアの耳には完璧に近く聞こえる。

「ありがとう！　だから、クレアも慣れれば上手くなるよ！」

「ありがとうございます。そうなるように頑張りますね」

「……あ、でも」

不意にウィルの表情が何かを企むようなものに変わる。

きっと何か悪戯《いたずら》を思いついたに違いない。

クレアが思わず身構えると、ウィルは行儀悪くテーブルに肘をつき、身を乗り出すようにして、グッと顔を近付けてきた。

「もしかするとさ、クレア、私たちより舌が短いんじゃないかな？」

「え？」

「ねえ、ちょっと見せてみてよ」

クスクスと笑いながらねだられて、クレアは眉をひそめる。

――絶対、からかっているだけよね。

そう思いつつも、もしかしたら本気で言っている可能性もゼロではないと思い直して、クレアは「ちょっとだけですよ」とチロリと舌を出してみせた。

「……んー、先っぽだけじゃわからないなぁ、もうちょっとだけ見せて」

いっそう顔を寄せて囁かれ、これはからかっているだけだな、と確信したクレアが舌を引っこめようとした刹那《せつな》。

すかさず伸びてきたウィルの手に後頭部をつかまれ、引き寄せられて、しまいかけの舌に食らいつくように口付けられた。

「っ、んっ、んんーっ」

どすどすと彼の肩を叩いて抗議するが、押さえつける力はゆるまない。

さすがに舌に噛みつくまではできなくて、好き勝手に口内を貪《むさぼ》られつつ、クレアが横目でリアムの様子を窺《うかが》うと、ふ、と苦笑を浮かべて視線をそらされた。

勝手にやってくれ、というように。

からかわれるよりも、そのような冷静な反応をされる方がずっと恥ずかしい。

——もう、何なのよ……！

三日前から月のものが来ているので、夜のレッスンは休止している。

代わりになのか、こうして昼の間にキスをされることが増えた。

もっとも仕掛けてくるのはウィルだけで、そしてなぜかリアムの前でだけなのだが。

「んっ、ん、んー!!」

クレアがいっそう強くウィルの肩を叩くと、ようやく彼の手がゆるみ、ちゅぴりとわざとらしい音を立てて唇が離れた。

「っ、ウィル様！」

「ごめんごめん、あんまり可愛い舌だったから、つい！」

まったくもって誠意のこもっていない謝罪に、クレアはキッとウィルを睨《にら》みつけると、いまだに後頭部に添えられている彼の手をペシリと叩き落とした。

「ついじゃありません！　人前ではやめてください！」

「安心して、他人の前ではしないから。私だってそこまで恥知らずではないよ」

「……どうして、リアム様の前ではいいのですか？」

胡乱《うろん》げに尋ねるクレアに、ウィルは「んー」と小首を傾げてから、ニコリと笑って答えた。

「見せつけて嫉妬させたいからかな！」

「はい!?」

意味がわからない。

てっきり、リアムの前でこういう行為をするのに慣れさせ、三人での閨事《ねやごと》への抵抗を薄めようとしているのかと思っていたのだが……

「……単なる、リアム様への嫌がらせってことですか？」

呆れたようなクレアの問いに答えたのは、リアムの方だった。

「そうだ。……私に君の初めての口付けをとられたことを根に持っているのだろう。自分で譲っておきながら、面倒なやつだ」

視線を教本に落としたまま、億劫《おっくう》そうに呟く。

その言葉にクレアは一瞬違和感を覚えた。

リアムがこんな悪戯《いたずら》をしかけはじめたのは、ここ三日のことで、それまではのんびりとしていたのだ。

口付けが原因ならば、十日、いや九日前からそうなっていなくてはいけないはずだが——

――本当なのかしら。

チラリとウィルの顔を窺《うかが》うが、ウィルはヘラリと笑って、「まあ、そういうことかもしれないね！」とうそぶくだけだった。

「ふふ、だからさ、クレア！　……ねえ、もう一回、させて？」

「嫌です。嫌がらせをするような方とはいたしません！」

色香を滲《にじ》ませた笑みで誘ってくるウィルをクレアはピシャリと拒み、ひらいた教本を二人の間を隔てるように掲げる。

「もー、クレアったら冗談だよ。嫌がらせなんかじゃないって」

「では、何なのですか？」

「私とクレアが仲睦まじくしていたら、煽られてまざってきてくれないかなって思って！」

「それはそれで嫌ですよ！」

どちらの理由にしてもしょうもなさすぎる。

「ウィル様はもう夜以外、一切！　私にみだりがましい行いはなさらないでください！」

キッと眉をつり上げてクレアが命じると、ウィルは「えー」と不満げな声を上げ、助けを求めるようにリアムを見た。

「……ご婦人の意志は尊重してさしあげろ」

視線を合わせぬまままそっけなく返され、ウィルは「ちぇっ」と肩を落とす。

けれど、すぐさま顔を上げると、クレアの耳に唇を寄せて囁いた。

「わかったよ、クレア。じゃあ、昼は我慢するから……次の夜は覚悟してね？　あいつより、うんと上手に啼《な》かせてあげるから」

「――っ、な」

淫らな脅し文句にクレアが息を呑んだところで、リアムがパンッと音を立てて教本を閉じ、立ち上がった。

「今日はここまでにしよう。そろそろ昼食が届く時間だ」

その言葉に暖炉のマントルピースに置かれた時計に目を向けると、ちょうど針が動いて、カチリと正午になるところだった。

「……行くぞ」

「はいはい、じゃあ、クレア行ってくるね」

リアムに促されたウィルが、クスリと笑って席を立つ。

そして、二人は連れ立って部屋を出て行った。

一人残されたクレアは、そっと溜め息をついて――フッと口元をほころばせる。

「仲がいいんだか、悪いんだか……いえ、よろしいのよね、きっと」

喧嘩するほど何とやらともいう。不満も不安もぶつけあえるのは、それだけ信頼しあっているということだろう。

「……でも、何だか、リアム様の方がお兄ちゃんみたいよね」

八つ当たりをされて受け流している様子は、どちらかというと兄が弟の癇癪《かんしゃく》をいなしているようにも見える。

「まあ、上の子の方がやんちゃなのは珍しくないでしょうけれど」

孤児院でも、年が下の子が上の子の世話を焼いたり、慰めたりする光景は珍しくなかった。

「とはいえ、間に挟まれる身としては、早く仲直りしていただきたいところだわ……」

ポツリとぼやいてから、一呼吸の間を置いてポッと頬が熱くなる。

――「間に挟まれる身」だなんて……私ったら、もう当然のように、お二人とも受け入れる気でいるのね。

この二十日間で、すっかりあっさり絆《ほだ》されてしまった自分に呆れてしまう。

――軽い女だと思われてしまうかしら。

当日、二人とも選ぶと答えたら、あれほど威勢よく勝負を受けておきながら何だ、と彼らは笑うだろうか。

「……でもまあ、嫌々受け入れるよりはいいわよね」

二人とも好きになれたのならば、それはお互いにとって幸せなことのはずだ。

「うん、きっとそうよ！」

そう結論付けると、クレアは昼食に備えて、テーブルの上を片付け始めた。

それから、十分ほどして戻ってきた二人は、そろってひどく浮かない顔をしていた。

――仲良くしてほしいとは思ったけれど、こういうおそろいは嫌だわ。

そう思いつつ、クレアは二人に駆け寄り声をかける。

「どうかなさったんですか？」

もしや、神殿か王宮で何か事件でも起こったのだろうか。

案じつつ、チラリとサービングカートに視線を向けて、クレアは、あら、と首を傾げた。

たいてい昼食は、サンドウィッチと紅茶で軽くすませることが多い。

そのため、カートには紅茶のポットが一つ、ソーサー付きのカップが四客、色とりどりの具材が挟まったサンドウィッチが四人分、きれいに並んでいるのが常だ。

けれど、今日はなぜか、ポットが二つとカップが五客あった。

いったいどういうことなのだろう。

カートから二人に視線を戻すと二人は一瞬顔を見合わせ、そろって溜め息をついてから、リアムの方が口をひらいた。

「母が君に会いに来る……いや、来ている」

「王妃様が？」

予想外の言葉にクレアはパチリと目を瞠《みは》り、それから訝《いぶか》しむように尋ねた。

「ですが、今は女神役と男神役以外の人間は、北殿に入ってはいけないのですよね？」

クレアの疑問に、ウィルの方が珍しく皮肉げに唇を歪《ゆが》めて答えた。

「自分は俗世の穢《けが》れなどではないから大丈夫、だそうだよ」

「それは……」

そんな理屈でルールを曲げるのはどうかと思うが、かといって、ただの平民であるクレアが王妃の言葉を否定するのは不敬だろう。

王妃がそう主張してウィルとリアムが受け入れたのならば、承知するほかない。

そっと視線をそらしてサービングカートに目を向けて、クレアは、はたと気が付く。

「……お二人は、同席なさらないのですか？」

よく見ると、ティーポットとカップは二つの盆に分けて置かれていた。

クレアの問いに、二人は苦い笑みを浮かべると「ああ」とそろって頷いた。

「……ご婦人の会話の邪魔はしないさ」

リアムの言葉に、ウィルが明後日の方に視線を投げつつ、「どっちが邪魔かわからないけれどね」と、またらしくもない台詞を口にする。

けれど、クレアの不安げな視線に気付くと目元をゆるませ、ヘラリと笑いかけてきた。

「まあ、あんまり深く考えないで、王太子妃教育の中間試験だとでも思って、とりあえずいっておいでよ」

「……そのように言われると、かえって緊張するのですが……」

フォローになっていない言葉に、クレアは思わず恨みがましげな視線を返してしまう。

「ああ、そっか。ごめんごめん！」

「絶対、悪いと思っていませんよね？」

「……まあ、取って食われはしないだろう。何か返答に困るようなことを聞かれたら、『不勉強で申しわけありません』『私にはわかりかねます』『以後、精進いたします』のどれかでやり過ごすといい」

「……わかりました」

とりなすようなリアムの言葉に、クレアは渋々と頷く。

――いったい、どんな難しいことを聞かれてしまうのかしら……？

いささかどころか、だいぶ気が重くなるのを感じながら、クレアは紅茶の載った盆を手に、指定された応接室へ急いだのだった。

＊　＊　＊

「……失礼いたします」

入室を許され、足を踏み入れた室内。

部屋の中央に置かれたテーブルセット、象嵌細工《ぞうがんざいく》を施した椅子に腰を下ろした黒衣の王妃がゆっくりと振り向いて、目が合った瞬間。

クレアはドキリと鼓動が跳ねるのを感じた。

間近で見る王妃は、ウィルとリアムの母親だけあって、息を呑むほどに美しい人ではあったが、クレアを見るまなざしはひどく冷ややかだった。

空色の瞳が品定めをするように、クレアの上から下までジロリとながめていく。

不躾《ぶしつけ》――と思うのは不敬なのだろうが――な視線に、クレアは気まずさと不快感を覚えつつも、紅茶の盆を右手に持ち直すと、左手でドレスの裾を摘《つ》まんだ。

「……クレア・ファウンドと申します。お目にかかれて光栄にございます、王妃陛下」

できる限り品よく笑みを浮かべ、深々と膝を曲げて腰を落とす。

それから心の中で三つ数えて、立ち上がろうとして――

「――とまりなさい」

鋭い声が飛んできて、クレアは「え？」と目を瞠《みは》った。

「そのまま、動いてはなりません」

「は、はい！」

反射のように答えると、喪服《もふく》とみまごうような黒色のドレスの裾を払って立ち上がった王妃が、足早に近付いてきて、スッと背をかがめ、クレアのドレスのスカートに手を伸ばした。

かと思うと、がしりと裾をつかみ、ためらいのない手つきでめくり上げる。

その瞬間、クレアが盆を落とさなかったのは奇跡といっていいだろう。

――何なの、この人!?

ギョッと目をみひらいて戸惑うクレアをよそに、王妃はまじまじとクレアの足をながめてから、投げ捨てるようにドレスから手を離した。

そして、ポケットから取りだしたハンカチで手を拭うと、クルリと踵《きびす》を返して歩いていき、元の椅子に腰を下ろし、わずかに微笑んだ。

「……孤児の出だというからどんなものかと案じていたけれど、さまになっているじゃない。悪くはないわ。これならお披露目で恥をかかされずにすむわね」

「……お褒めにあずかり光栄です」

クレアは背に汗が滲《にじ》むのを感じながらも、ゆっくりと膝を伸ばして控えめに笑みを返す。

どうせ腰を落とせば見えないのだから適当でもいいのではないか——と考えたこともあったが、まさか、スカートをめくられるとは思わなかった。

——しっかり特訓していただいてよかったわ。

クレアが心の中でウィルとリアムに感謝を捧げたところで、王妃が何かを催促するように、トントンと指先でテーブルを叩きはじめる。

その視線がクレアの持つ盆に向けられていることに気付き、クレアは慌ててテーブルに向かうと、ティーカップを王妃の前に置いてポットから紅茶を供した。

注ぎおえると王妃は何も言わず、優雅な手つきでカップを持ち上げ、口に運ぶ。

——お礼もないのね……まあ、当然と言えば当然でしょうけれど。

ウィルとリアムは「人を使うのに慣れるのも、王太子妃教育の一環だ」と言っていた。

こういう時に、わざわざ礼を言わないのが、高貴な人々の正しい作法なのかもしれない。

——でもやっぱり、私はちゃんと御礼を言いたいわ。

クレアはそんなことを考えつつ、自分の分のカップを王妃の正面の席に置く。

それから、ポットを持ち直して紅茶を注ごうとしたところで、カチリと響いた音に振り向くと、王妃がカップをソーサーに戻したところだった。

「……ぬるいわ。それに渋すぎる」

「え、あ、申しわけございません」

「いいのよ。ここではそういう不便に目をつむらないといけないものね」

王妃は眉をひそめて溜め息を一つつくと、哀れむようなまなざしをクレアに向ける。

「ここの暮らしは不便でしょう？　侍女も従者もメイドさえいないのですもの」

「……いいえ、お二人が助けてくださいますので」

何と答えるのが正解か少しの間迷ってから、クレアは微笑を浮かべてそう返した。

途端、王妃の眉間の皺《しわ》がグッと深まり、空色の瞳にあからさまな嫌悪の色が浮かぶのを目にして、クレアはハッと息を呑む。

――え、何……？

それほどおかしな答えではなかったと思うのだが、いったいどうしたのだろう。

クレアの戸惑いに気付いたのか、王妃は取り繕うような笑みを浮かべた。

「……あなたも災難よね」

「え？」

「二人の夫を持つことになるなんて」

「あ、いえ、災難などとは……」

「無理はしなくていいのよ。……正直に言ってくれれば私も力を貸すわ。だから、どちらか一人を選んだらどう？」

意外な提案にパチリと目を瞠《みは》った次の瞬間。

「双子の慰み者になんてなりたくないでしょう、悍《おぞ》ましい」

薄い笑みを浮かべてかけられた台詞に、クレアは言葉を失った。

――そんな、悍《おぞ》ましいなんて……！

ウィルとリアムに初めて会ったとき、ここまでひどくはないにせよ、自分だって似たようなことを思ったはずだ。それなのに。

どうしてか、今、王妃の口から聞いたその提案に、クレアはひどい不快感を覚えた。

――お二人のことが好きになってしまったからかしら……いえ、それよりも……

それが、二人の母親から出た言葉だからだろう。

自分の産んだ子供を「悍《おぞ》ましい」だなどと、よく言えたものだ。

クレアの目に浮かぶ反感を見てとったのだろう。

王妃の顔から笑みが消え、クレアを見つめるまなざしが、汚らわしい存在を見るものへ変わる。

「そう、あなたは平気なの。さすがは下賤《げせん》の出ね……せっかく、苦しんでいるようなら助けてあげようと思っていたのに……その必要はなかったようで、何よりだわ」

皮肉と侮蔑が入り混じった王妃の言葉に、クレアは眉をひそめながらも静かに尋ねた。

「……では、王妃様は、ウィル様とリアム様、どちらを選ぶべきだと思われるのですか？」

その問いに返ってきたのは、どちらの名前でもなかった。

「ウィリアムよ」

「え？」

「私の息子はウィリアム。神聖なるフィリウス王国のただ一人の後継者、王太子ウィリアムなの。他の名などないわ」

王妃は吐き捨てるようにそう言うと席を立ち、ドレスの裾をひるがえす。

そしてクレアに背を向け、カツカツとヒールを鳴らして歩いていき、扉をひらいてくぐる間際、スッと頭だけ振り返って。

「どちらでも同じよ。好きに選ぶといいわ。どちらか一人残れば充分ですもの……！」

そんな言葉を残して、バタンと扉を閉めて去っていった。

「……何、あれ」

一人残されたクレアは半ば呆然と呟く。

そして、少し遅れて、ムラムラと怒りがこみあげてくるのを感じた。

「何なのあれは！　あれでも母親なの!?　信じられないわ！」

憤りに任せて叫び、バンとテーブルを叩いたところで、カチャンとカップがぶつかる音にハッと我に返る。

「やだ、私ったら！」

慌ててカップを持ち上げて、欠けはないかを確かめる。

——いけないいけないいけない、割っちゃうところだったわ。

ホッと息をつき、ふと飲みさしの紅茶に目を落とすと、静まった怒りに代わって言いようのない悲しみがこみあげてくる。

――本当に……何なのよ。

あんな言葉やまなざしを、ウィルとリアムはずっと向けられていたのだろうか。

実の母親から、ずっと。

そう思ったら、何だか無性に二人の顔が見たくなった。

見て、抱きしめてしまいたくなって。クレアは、そっとカップをソーサーに置くとドレスの裾をひるがえして駆けだした。

＊　＊　＊

元いた部屋に戻ったが二人の姿はなく、クレアはウィルの部屋へ向かうことにした。

扉の前に立ったところで微《かす》かな話し声が耳に届き、ホッと息をつく。

スッと呼吸を整えて、ノックをしようと手を持ち上げたそのとき、室内から激したような叫びが聞こえてきた。

「――だから、今さらだって言っているんだよ！」

クレアは扉に振り下ろそうとしていた手をとめ、え、と目をまたたかせる。

苛立ちも顕《あらわ》に声を上げているのは、どうやらウィルのようだ。

――ウィル様でも怒鳴ることとなんてあるのね。

いったい何に怒っているのかと思わず耳をそばだてる。

「その話なら、三日前にすんだだろう」

「すんでないから言っているんだろうが！　どうしてそうやってすぐに諦めるんだよ!?」

耳を打つ怒声に、クレアがビクリと扉から身を離すと、低く何かを言い争うような気配がして、またウィルの声が高くなる。

「それを『諦めて逃げている』っていうんだ！　好きじゃないのかよ!?」

二人が言い争っているところを見る――いや、見てはいないが――のは初めてだ。いったい何があったのだろう。

クレアは少しの心配と好奇心に負けて、再び扉に耳を近付ける。

「……好きではないように見えるのか？」

リアムの方は、いつもと変わらず落ち着いている様子だった。

「つまり好きなんだろう？　なら、いいじゃないか！」

焦《じ》れたようにウィルが声を上げる。

「本当に、いいと思っているのか？」

「ああ、いいよ。クレアが呼んでくれるのなら、それでいいさ！」

耳に飛びこんできた自分の名前に、クレアはパチリと目を瞠《みは》る。

――え、何、私の話!?

ドキリと鼓動が跳ねて、クレアはハッと我に返ると、「これ以上聞いてはいけない」と慌てて扉を叩いた。

二人きりで話しているということは、クレアには聞かせたくない内容なのだろう。

非常に気になるが、盗み聞きはフェアじゃない。

クレアが知らなくてはならないことならば、きっといずれ、きちんと打ち明けてくれるはずだ。

「──クレアです。入ってもよろしいですか？」

声をかけると、しんと室内が静まり返る気配がして、ややあって足音が近付いてくる。

「……やあ、クレア。王妃との話は済んだのかい？」

扉をひらいてクレアを招き入れたウィルは、いつもと変わらない朗らかな笑みを浮かべていたが、クレアを見つめるまなざしには探るような色が浮かんでいた。

「はい。……つい先ほど終わって、たった今来たところです」

だから長々と立ち聞きしていたわけではない。

そう暗に訴えると、ウィルはバツが悪そうに視線をそらした。

「……そうか。それは何よりだね」

「それで、ここに来たということは、母と話して何か心境の変化でもあったということか？」

ウィルの向こうからリアムが静かに尋ねてくるのに、クレアはゆるゆるとかぶりを振る。

「いえ……」

口をひらいたものの、どう答えるべきか迷う。

二人の顔を見たくて来ちゃいました、などと可愛らしいことを言える雰囲気ではない。

そんなクレアのためらいを感じとったのだろう。

「……ああ、そうか。そういえば、クレア、お昼がまだだったよね！」

ウィルがニコリと笑みを浮かべて助け舟を出してくれる。

「実は、私たちもまだなんだ。でも、こっちには持ってきていないんだよ。クレアの部屋に置いて来ちゃったから、一緒に食べに行こうか」

「あ、はい。そうですね！」

クレアがホッとしたように頷くと、二人の表情もふわりとゆるむ。

そうして三人連れだって廊下に出たところで、どこか遠くの扉が閉まる音が聞こえた。

おそらく王妃が北殿を出て行ったのだろう。

――ずいぶんとのんびりなお帰りね。

レストルームにでも寄っていらしたのかしら――などと下世話なことを考えつつ、先ほどの会話を思いだして、クレアは眉間に皺《しわ》が寄るのを感じた。

「……クレア、あのさ」

「え、は、はい、何でしょうか」

ハッと顔を上げると、先を行く二人が立ちどまり、振り向いてこちらを見ていた。

「……王妃に、何か嫌なことでも言われた？」

ポツリとウィルに問われて、クレアはとっさに首を横に振ろうとして、ふと気付いた。

「ウィル様は……」

「ん、何？」

「王妃様のことを、『王妃』とお呼びになるのですね」

母ではなく、王妃と。

そう指摘した途端、ウィルは虚を衝《つ》かれたように目を瞠《みは》り、それからサッと睫毛《まつげ》を伏せて唇を引き結んだ。

それをチラリと横目でながめ、リアムが代わりに口をひらく。

「まあ、遅い思春期というやつだ」

「違う、嫌いだからだよ！」

リアムのごまかしを遮って、ウィルはそう吐き捨てた。

「あの人だって、私たちのことなんて好きじゃない……あの人にとっての息子は『ウィリアム』であって、私たちのどちらでもないんだ……！」

ギリリと歯噛みしながらこぼされた言葉にクレアが返答に詰まると、ウィルはパッと顔を上げて、クレアの肩をつかんだ。

「ねえ、クレア。王妃は私たちとの結婚について何か……いや、どちらを選べと言っていた？」

クレアは正直に告げるべきか迷い、それでも、まっすぐに問うまなざしに負けてポツリと答えた。

「……どちらでも同じだから、好きに選べと……」

「そっか……そうだろうと思ったよ」

「ああ、母上らしい言葉だ」

「本当に、あの人らしいよね」

リアムの言葉にウィルは乾いた笑みで同意を示し、だらりと手を下げかけて、思いなおしたようにクレアの手をとった。

「……ねえ、クレア」

すがるようなまなざしにクレアの鼓動が跳ねる。

「あのさ、気のせいではないといいなと思うんだけれど……今、クレア、私たちのこと、嫌いではないよね。結構、好きになってきてくれているよね？」

「……はい」

「そうだよね！」

素直にクレアが頷くと、ウィルはパッと空色の瞳を輝かせた。

けれど、すぐにまた沈んだ表情に戻り、長い睫毛《まつげ》を伏せてしまう。

「でも……それでも……」

何度も躊躇《ためら》い、どうしても肝心の一言が出てこないというように口ごもるウィルの肩を、そっとなだめるようにリアムが撫でる。

それから、リアムは翳《かげ》る瞳をクレアに向けると、ウィルの言葉を引き取るように静かに尋ねた。

「それでもやはり、双子は嫌か？　不吉で悍《おぞ》ましいと思うか？」

「……え？」

目をみひらいたクレアの頭に、先ほどの王妃の台詞がよぎる。

双子の慰み者になんてなりたくないでしょう、悍《おぞ》ましい――という心ない言葉が。

そうだ、あのときに自分で思ったではないか。

二人に初めて会ったとき、自分だって似たようなことを思ったはずなのに――と。

つまり、ウィルとリアムもそう考えて傷付いていたのかもしれない。

王妃と同じように、クレアも「双子なんて悍《おぞ》ましい」と感じているのではないかと。

だから、クレアが「一人ずつ」と願ったり、それを肯定するたびに、不安そうな顔をしていたのだろう。

「そんな……そんなこと、不吉だとか、悍《おぞ》ましいだとか、思ったことなんてありません！」

クレアの言葉に、二人はそろって「え？」と目をみひらき、どちらからともなく顔を見合わせ、それからまたソロソロとクレアに向き直った。

「だが……君は確かにあのとき、どちらか一人がいいと言っただろう？」

尋ねるリアムの声には喜びや安堵ではなく、強い戸惑いが滲《にじ》んでいた。

「そ、そうだよ。それに、すごくがっかりした顔をしていたし……だからてっきり、私たちが双子だから嫌になったんだろうと……」

「それは確かにそう言いましたし、がっかりもしましたが、そういう意味ではなくて……」

クレアが落胆したのは双子だったからではない。

あの提案だって、本気で押し通すつもりではなかった。

からかわれたことへの、意趣返しのつもりで言ってみただけだ。

けれど、クレアが思っていたよりもずっと、あの提案は二人を悩ませていたのだ。

今さらながらにクレアは自分の行いが恥ずかしく、申しわけなくなった。

「……私、勝手に憧れて、がっかりしちゃったんです」

「え？」

「ずっと私にとって、ウィリアム様は理想の王子様でした」

「……理想の王子様」

「はい、子供じみていますよね。でも、私、本当にずっと憧れていたから……ウィリアム様は奇跡の力を持つ特別な人で、そんな特別な人に選ばれたんだって、浮かれていたんです。だから、真実を知って騙されたような気分になっちゃって、悔しいからちょっと困らせてやろうと思って……」

けれど、その「ちょっと」のせいで、二人をずっと傷つけていたのだ。

「……本当に、ごめんなさい」

深々と頭を下げたところで、しんと沈黙が広がる。

クレアは顔を上げられなかった。

今、二人はどんな表情をしているだろう。怒っているだろうか、それとも呆れられただろうか。

ひそやかな溜め息が聞こえて、クレアがギュッと目をつむったそのとき。

「……そうか。君はやはり、私たちが思っていた通りの人だったのだな」

耳に届いたリアムの呟きは深い喜びと——後悔が滲《にじ》むものだった。

え、と弾かれたように顔を上げると、リアムは何かを振り切ったような笑みを浮かべて、クレアを見つめていた。

そっとウィルに目を向けたところ、こちらは痛みを堪えるような表情で床に視線を落としていた。

「……あの」

「君が謝る必要はない」

「え？」

「本当に、ないんだ」

クレアにではなく、彼自身やウィルに言い聞かせるように呟くと、リアムはクルリと踵《きびす》を返し、クレアに背を向ける。

「……さあ、昼食にしよう。パンが乾いてしまう」

「え、でも……」

明らかに様子がおかしいと思い、引きとめたクレアをチラリと振り返った彼は、いつもの皮肉げな笑みを浮かべていた。

「君が乾いたサンドウィッチの方が好みだというのならば、それはそれでかまわないがな」

どこかで聞いたことのあるような可愛げのない言葉に、クレアは察する。

これ以上聞いても、無駄だろうと。

――あらためて、聞けばいいわよね……祝祭まで、まだ十日もあるもの。

今はダメでも、話をする時間は、これからいくらでもあるはずだ。

そう思いきると、クレアはわざとムッとした顔をして「好みじゃありません！」と言い返し、「行きましょう、ウィル様！」とうなだれるウィルの手をとって歩きだした。

＊＊＊

その夜、クレアはなかなか眠りにつけずにいた。

寝台の上で寝返りを打ち、もう何十回目かの溜め息をこぼす。

あの後、冷めきった紅茶とパサつきはじめたサンドウィッチで昼食をすませてから、午後の講義を行ったのだが、ウィルの様子はおかしいままだった。

きっと彼なりに普段通りに振る舞おうとしていたのだろう。

笑えていたし、軽口だって叩いていた。ダンスだって、何度も足を踏んだのはクレアの方だ。

――でも、私の目を見てはくださらなかった。

それどころか、リアムの目もまともに見ることができない様子だった。

――本当に、いったいどうしたのかしら。

話をする時間はいくらでもあると思ったが、なるべく早いうちに腹を割って話した方がいいかもしれない。

――そうね。明日も同じ様子だったなら、思いきって聞いてみましょう。

そう決めて枕に頭を置きなおしたところで、きい、と扉がひらく音がクレアの耳に届いた。

――え、何？

つむりかけた目蓋《まぶた》をひらいて、慌てて身を起こす。

もしや、二人のどちらかが話をしに来てくれたのだろうか。

そっと目を凝《こ》らすが、ランプの灯りはおろか、薄闇に浮かぶシルエットさえ見えない。

――何……ただの風？

きちんと扉を閉めていなかったのだろうか。

首を傾げつつ、寝台から足を下ろそうとしたそのときだった。

「――ばぁっ！」

目の前で白いシーツがひるがえり、そこから現れた黒髪の少女がクレアに抱きついてきた。

「っ、ミーガン⁉　どうしてここに⁉」

驚きに目を瞠《みは》るクレアに、ミーガンは悪びれる様子もなくニコリと答える。

「どうして？　ふふ、会いに来たに決まっているじゃない！」

「会いにって……どうやって入ったの？」

食事の受け渡し時を除いて、内側から鍵がかかっているはずだ。

「ほら、今日、王妃様がここに来たでしょう？　入れ違いに中に入って、空き部屋で夜になるのを待っていたのよ。夜になればクレアが一人になるかと思って」

「……そうだったの」

では、昼間に聞いた扉の音は、ミーガンがどこかの部屋に入ったときのものだったのだろう。

「もう、待ち時間が長すぎて、おなかがペコペコよ！」

ぷんと頬をふくらませるミーガンに、クレアは思わず噴きだしてしまう。

先日、花嫁に立候補したと聞いて、もしかするとクレアに直談判をしに来たのかと思ったのだが、この様子では違うようだ。

――きっと、この間は冗談で言ってみただけだったのね。

安堵しつつ、クスクスと笑っていると、ミーガンはますますふくれっつらになって「もう！」とクレアの脇腹を肘でつついた。

「何よクレアったら！　自分はお二人と美味しいものを食べたくせに！」

「ふふ、ごめんなさいね」

「いいわよ。そんな薄情なクレアにも、心やさしい私は差し入れをもってきてあげたから、ありがたく受けとりなさいね！」

そんな台詞と共にクレアの手に押し付けられたのは、菫《すみれ》色の丸い小箱だった。

「菫《すみれ》の砂糖漬けよ」

「……ミーガンったら、また貢ぎ物から頂戴してきたのね」

「いいじゃない別に。疲れているクレアを癒すためですもの、神様だって許してくださるわよ！」

「まったく……でも、ありがとう。いただきます」

口元をほころばせて小箱に視線を落とし、クレアは、あら、と眉をひそめる。

小箱にかかったサテンのリボンが歪《ゆが》んでいる。きっと、一度ほどいて結び直したのだろう。

──どうやら、ミーガンのお口には合わなかったようね。

薔薇の砂糖漬けのときのように、貢ぎ物の中から失敬したものの、一口食べてもう充分となったに違いない。

──捨てるのはもったいないから、私への差し入れに切り替えたのかしらね。

実にミーガンらしい、ちゃっかりした発想だ。

クレアは苦笑を浮かべながらも、リボンをほどいて蓋《ふた》をひらき、薄く砂糖の衣をまとった青紫色の花びらを一枚摘《つ》まんで頬張った。

「……ん」

カリリと奥歯で砕いた瞬間、菫《すみれ》の芳香と、ほろ苦い味が口内に広がる。

「思ったより、粉っぽくて苦いのね……」

砂糖漬けというから、もっと甘さを感じるものだと思ったが苦みの方が強い。

「……そう？　でも、香りはいいでしょう？」

「そうね、とってもいい香りだわ」

「ふふ、ぜんぶクレアのものだから、どんどん食べてね！　残ったら捨てるしかないもの！」

やはり、捨てる予定のものを持ってきたらしい。

「……全部は無理だけれど、なるべくいただくわね」

苦笑混じりに返して、クレアは新たな花びらを摘《つ》まんで口に放りこんだ。

「ふふ、なるべくたくさんね！　……ところで、チラリとしか見えなかったけれど、ウィリアム様って本当に双子だったのね……」

いつものようにコロリと話題が変わり、クレアは、コクン、と喉を鳴らして頷いた。

「ええ……本当にってことは、神官長様から聞いたの？」

「そうよ。どうして私を推薦してくれなかったのと聞いたら、おまえを双子の花嫁になんてしたくないって……お父様も視野が狭いわよねぇ！」

「そうね」

頷きながら、クレアは何だかホッとしたような心地になった。

「……ミーガンも、お二人が双子でも平気なのね」

ミーガンにまで王妃のように「双子なんてやめた方がいい」と言われてしまったら、どうしようかと思っていたのだが、杞憂だったようだ。

けれど、その喜びも長くは続かなかった。

「平気じゃないわよ？」

ミーガンは当然のようにそう返してきたのだ。

「え？　でも……」

「同じ顔が二つ並んでいるなんて気持ち悪いじゃない。それに、夫が双子だなんて恥ずかしくって誰にも言えないわ。でも、一人の夫ってことにして、二人同時に会いさえしなければ気にならないでしょう？」

「……同時じゃなければ？」

「そうよ。一人ずつならば平気よ。クレアもそうするつもりなんじゃないの？」

悪びれる様子もなく投げられた問いに、クレアは一瞬唖然となり、それから苦い笑みを浮かべて
「いいえ」と返した。

「私は……できれば、お二人とも平等に愛せたらと思っているわ」

「まあ、そうよね。二人とも平等に愛さないとダメよね」

クレアの言葉に、ミーガンは同意めいた台詞を返す。

けれど、似ているようで、そこにこめられた意味は違う。

クレアはウィルとリアム、二人の人間をどちらも愛したい、どちらともわかりあいたいと思っている。

だが、ミーガンの「平等に愛する」は「双子を同じように扱う」という意味でしかないのだ。

――どちらでも同じだと思っているから、どちらでも愛せるなんて言ったのね。

ウィルから、ミーガンと「わけあってもいいと思う？」と聞かれて「何かが引っかかった」のは、こういうことだったのだろう。

――双子でも、違う人間なのに！

そう訴えたくなるが、クレアはグッと呑みこんで「そうね！　二人とも、一人ずつ、平等に愛したいと思っているわ！」と笑顔で告げるのにとどめた。

今、ムキになって説《と》いたところで、そう簡単にミーガンの双子への偏見がなくなったりはしないだろう。

かえって、「お説教された！」とヘソを曲げてしまうかもしれない。

――ミーガンにはわかってほしいけれど……

今すぐでなくてもいいだろう。これから、少しずつ理解していってもらえばいいのだ。

――そうね。根気よく伝えていきましょう。

そうクレアが自分に言いきかせたところで、ミーガンが小箱からまた一枚花びらを摘《つ》まみ上げて、クレアの口元に差しだした。

「おしゃべりもいいけれど、食べるのも忘れないでね！」

「そうね、ありがと――」

口をひらいたところで、すかさず花びらを押しこまれて、クレアは苦笑を浮かべつつ、大人しく花びらを噛みしめる。

――うう、口の中がジャリジャリするわ。

三枚分の砕けた砂糖と花びらが舌の上や頬の内側、そこかしこに居座って、口内の水分を奪っていく。

喉の渇きを覚えたクレアは、ナイトテーブルに置かれた水差しに手を伸ばした。

最初にリアムが持ってきてくれて以来、こうして夜に置くのが習慣になっているのだ。

けれど、クレアの手が届くよりも先に「ああ、私がやるわよ」とミーガンが水差しを持ち上げた。

「あら、ありがとう」

「ふふ、いいのよ。未来の王太子妃様にサービスしておかないとね！」

ミーガンはクスクスと笑ってグラスに注いだ水をクレアに差しだすと、意味ありげに目を細める。

「……それで、お二人とは上手くいっているの？　まったく何も問題ない？」

「ええ――」

ないわ、と答えようとして、ふと昼間の出来事がクレアの頭をよぎる。

――まったくないわけでは……ないのよね。

その沈黙を、ミーガンは「ある」という無言の主張と取ったのだろう。

「あら、何かあるのね……」

パチリと目をまたたかせると、ミーガンは、そっとクレアの手を取り微笑んだ。

「悩みがあるなら言ってよ。友達じゃない。力になれるかもしれないでしょう？」

「……ミーガン」

クレアは迷う。本当のことを告げるべきか。

――でも、お二人が何に悩んでいるのかわからなくて悩んでいるのよ、なんて言ったら、ミーガンだって困るわよね。

それを解決したいのなら、クレアが勇気を出して二人に問いただすほかないのだから。

かといって、今さら何でもないと言っても、ミーガンは納得しないだろう。

グラスの水をコクリコクリと飲みながら考えを巡らせ、クレアはどうにかそれらしい悩みを捻りだし、口をひらいた。

「……そのね、ちょっとしたゲームをしているのよ」

「ゲーム？」

「夏至《げし》の日までに、お二人を見分けられるようになるかというゲームよ。慣れてきたけれど、当日までに完全に見分けられるようになれるか、ちょっぴり不安なの」

嘘ではない。完全にウィリアムモードになられたら、見分けられるかどうか今でも自信はない。

「ふうん、それで、クレアが負けたらどうなるの？」

「え……ええと、そうね、お二人とも受け入れることになる感じかしら」

ふふ、と意味ありげに微笑むと、ミーガンは「えっ」と目をみひらき、「やだ、クレアったら！」と眉をひそめてクレアの肩を叩いた。

「人が真剣に心配しているのに！　何よ、結局は上手くいっているんじゃない！」

ぷんと頬をふくらませてから、「あら、でも」と首を傾げる。

「クレアが負けたらそうなるってことは、クレアにとっては罰ゲームってことなの？」

「それは……」

罰かと言われれば違うと思うが、ではノリノリで受け入れられるかと言えば、それもまた否だ。

「……まあ、それなりの覚悟がいることは確かよね。やっぱり……恥ずかしいもの」

ついつい、その光景を想像してしまい、クレアは気恥ずかしさに睫毛《まつげ》を伏せる。

けれど、ミーガンは本気でクレアが憂いていると思ったのだろう。

「大丈夫よ、クレア。まだ、負けると決まったわけじゃないじゃない」

慰めるような笑みを浮かべつつ、クレアの肩をそっと撫でたと思うと、不意に何かを思いだしたかのようにキラリと瞳を輝かせた。

「そうだわ！　そんなクレアに朗報よ！　お父様から聞いた耳寄りな情報があるの！」

「え、神官長様から？」

「そうよ！　ほら、お父様はお二人の事情を昔から知っているでしょう？　だから、色々と情報をお持ちなのよ」

「まあ、そうなのね……」

確かに、ウィルとリアムは神官長の前で試験をすると言っていた。

つまり、神官長には、二人の見分けがつくのだ。

——でも……試験のときにはきっと、お二人ともウィリアム様を演じられるはずよね？　その状態でも、神官長様なら見分けられるってこと……？

クレアは首を傾げつつ、ミーガンに問うた。

「神官長様は、お二人のことを何とおっしゃっていたの？」

「んー、お父様は、性格はお二人ともあまり変わらないとおっしゃっていたわ。どちらも真面目で、品行方正で、若いのにご立派な方だって」

「……そうなの？」

つまり、二人は神官長の前では、ずっとウィリアムを演じていたということだろうか。

——それで、どうやって見分けるのかしら。

ますます首を傾げるクレアに、ミーガンは「でもね」と言葉を続ける。

「得意なことは結構違うんですって。それぞれが得意分野を担っているから、完璧な王子様でいられるってことね！」

「そうね」

「それでね、ここからが耳よりな、極秘情報よ！」

そう前置きをしてから、ミーガンはクレアの耳に唇を寄せるとグッと声をひそめ、重大な秘密を打ちあけるように囁いた。

「……運動担当の方がね、流れ矢がかすって脇腹にお怪我をなさったことがあるんですって」

何だそんなことか――クレアは思わず心の中で呟いた。

「……それなら知っているわ。ウィル様でしょう？」

拍子抜けしたような思いで言葉を返す。

けれど、その問いに返ってきたのは、予想とは違う答えだった。

「え？　いいえ、リアム様の方よ」

「……え？」

「リアム様は昔から身体を動かすのが得意で剣の腕も立ってね、四年前の盗賊団の討伐も、リアム様が兵を率いて戦ったんですって！」

まるで自分がそうしたかのように得意げに語るミーガンの言葉は、途中からクレアの頭を素通りしていった。

そんなはずはない。運動が得意で、剣の腕が立つ、肉体労働担当の「ウィリアム」。

初めての狩りで、流れ矢に当たっちゃったんだよ――と笑っていたのは、リアムではなかった。

ウィルと名乗った男だったはずだ。

「そうよ……ウィル様だったわ」

「え？」

「その傷があったのは、ウィル様だった」

クレアがポツリとこぼした呟きにミーガンは一瞬キョトンと首を傾げ、直後、その言葉の意味に気付いたのか、パチパチと目をまたたいて、パッと口元を両手で覆うと「やだ！」と叫んだ。

「何よそれ！　最低じゃない！」

「最低？」

「そうよ！　だって、見分けてみろって勝負をしかけておいて、逆の名前を教えていたってことでしょう？」

鋭く指摘され、クレアは「それは……」と口ごもる。

確かに、そうだ。前提が間違っていては、たとえ、クレアが二人を見分けられたとしても、審判である神官長にとっての「正解」にはなりえない。

つまり、最初から、クレアには勝ち目のないゲームだったのだ。

――「謝る必要はない」って、そういうことなの……？

自分たちも騙しているのだから、お互いさまだとでも言いたかったのだろうか。

――ずっと、嘘をつかれていたのね。

仲良くなれていると思っていた。身体だけでなく、心も近付いているように感じていた。

でも、違っていた。肌が馴染《なじ》んでも、心はまだ遠いままだったのだ。

怒りよりも、ただ寂しく、悲しかった。

――打ち明けてもいいと思えるほど、信用してはもらえなかったってことですものね。

今まで積み重ね、築いてきた彼らとの日々や絆はクレアが思っていた――いや願っていたよりもずっと軽かったのだ。

そう思い知らされた気がして、キュッと胸が締めつけられるような心地になった。

――こんな風に知る前に……言ってほしかったわ。

声には出さずに呟くと、代わりのように涙が一粒、ポロリとこぼれ落ちる。

その瞬間、ミーガンに手を取られた。

「……逃がしてあげる」

まっすぐなまなざしでかけられた言葉に、クレアは「え？」と目をまたたかせる。

「だって、あんまりじゃない！　そんな男に大切な友人を嫁がせられるものですか！」

「でも……」

「クレアは悔しくないの？　最初から、あなたを勝たせる気はなかった、あなたの意志なんて尊重する気がなかったってことなのよ？　二人に心も身体も弄《もてあそ》ばれて悲しくはない？」

ミーガンの言葉にクレアは睫毛《まつげ》を伏せる。

「……悲しいに決まっているじゃない」

好きな人たちに、本当のことを言ってもらえなかったのだ。傷付かないはずがないではないか。

「そうよね、悲しいわよね」

ミーガンは眉根を寄せて頷くと、クレアの手を引き立ち上がらせ、ギュッと抱き締めた。

「クレアをこんな風に泣かせる男に、クレアを任せられないわ……あなたは私の親友だもの！」

「……ミーガン」

「だから……私が逃がしてあげる」

そう言って、ミーガンの腕にグッと力がこもった瞬間――クレアは見えない何かに包まれるのを感じた。

「――っ、ぐ」

まるで全身を薄い膜でぴっちりと覆われるような感覚だった。

動けないわけではないし、息ができないわけでもないが、ただ苦しい。

「これ、は？」

「私のギフトよ。人にかけるのは初めてだけれど、たぶん大丈夫。でも、念のため、シーツにもかけていきましょうね」

ミーガンはどこか気楽な口調でそう言うとクレアの肩を抱き、自分ごとシーツを頭から被って、

「行きましょう！」と急《せ》かし、歩きはじめた。

息苦しさと圧迫感に喘《あえ》ぎながら、クレアは促されるままに足を動かす。

そうして部屋を出て、ふらふらと廊下を進みながら、頭の片隅で思う。

——本当に今、出ていっていいの？

遥か遠くに見えた北殿の扉が近付くにつれて、段々と足は重くなり、自分自身に問う声が大きくなっていく。

——傷付いたからって逃げだして、本当に後悔しない？

このまま二人と向きあわずに逃げて、それでいいのか。

彼らが何を思って嘘をつき、今も騙しつづけているのか確かめることなく背を向けてしまって。

——いいえ、いいはずないわよね。

答えが出て、クレアは足をとめた。

そうだ。今まで打ち明けてくれなかったからといって、これからも打ち明ける気がない、とどうして決めつけるのだ。

——そうよ、だって、今日……

二人は悩んでいた。あれはきっと、クレアに真実を打ち明けようか迷っていたのだろう。

たとえそうでなかったとしても、ここで感情に任せて逃げだしたりしたら、二人の本心を知る機会を永遠に失ってしまう。

今からだって遅くない。話をするべきだ。だから。

「……やっぱり、行けないわ」

立ちどまり呟いた言葉は、確かに自分の口から出たはずなのに、何だか妙に遠く感じられた。

「……ごめんなさい、ミーガン。私、戻るわね」

クレアはミーガンの腕をほどき、踵《きびす》を返して――一歩足を進めたところで視界が揺らいだ。
二、三歩進んだところで、ガクリと膝から頽《くずお》れて、クレアはようやく身体の異常を確信する。
――何これ……？

足が、いや全身が重い。気持ちの問題などではない。本当に重くて動かせない。

瞳だけをキョロリと動かし、助けを求めるようにミーガンを見上げて、クレアは息を呑む。

「……いいえ、あなたは戻れない。ここを出て行くのよ、クレア。言ったじゃない。あなたには、王太子妃は荷が重いって」

床に伏せるクレアを見下ろしながら、ミーガンは嘲《あざけ》るような笑みを浮かべていた。

「……だから、私が代わってあげる」

その言葉が耳に響いたのを最後に、クレアの意識は途切れた。

第六章　告解と祈りの夜

鼻を突く饐《す》えた臭いに、クレアは眠りから覚めた。

ゆっくりと目蓋《まぶた》をひらいて、視界に広がる光景に息を呑む。

そこはどうやら地下牢のようだった。

ゴツゴツした石壁には、かつて囚人が鎖《くさり》で繋がれていたであろう腐りかけの板が打ち付けられており、すり減った石床はカビなのか汚れなのか、それとも古びた血の痕なのかわからない何かで、ところどころ黒ずんでいる。

牢は一つではないらしく、クレアが入れられているのは突き当たりの房のようだった。

「何……ここ……」

ぼんやりとする頭を振って起き上がろうとして、後ろ手に腕を縛られていることに気付く。

もぞりと身じろぐと、ゴツゴツとした岩肌に剥《む》きだしの腕がこすれて痛みを覚えた。

「……あら、起きたのクレア」

遠くで声が響いて、クレアがハッと格子の向こうを見ると、暗闇の中からユラユラと揺れる灯りと足音が近付いてきて、ランプを手にしたミーガンがひょいと顔を覗かせた。

「おはよう……じゃないか、まだこんばんはね、クレア」

「……ミーガン」

いつもと変わらない様子のミーガンに戸惑いながらも、クレアは、おそるおそる尋ねる。

「……ここはどこなの？」

「ここ？」

クルリと辺りを見渡して、ニコリとミーガンは答えた。

「ここはね、何百年か前に建てられたお城の跡なんですって！　遠目にはボロボロだけれど、一階と地下の部分はまだ使えるから、隠れ家にちょうどいいらしいわよ？」

「隠れ家？」

「そう、この人たちの隠れ家よ」

その言葉が合図だったのだろう。

いくつもの重たい足音が近付いてくる気配がして、クレアはハッと息を呑む。

やがて、ゾロゾロと牢屋の前を塞ぐように現れたのは、年の頃も体型も様々な男たちだった。

農民のような服装だが、ランプではなく龕灯《がんどう》を手にしているところから見て、まっとうな生業《なりわい》の人間ではないだろう。

四方に光を振りまくランプと違い、正面だけを照らす龕灯《がんどう》は持ち手の顔が見えないため、夜盗が好んで使うものなのだ。

ミーガンの持つランプに照らされて、うっすらと見える男たちの口元にはニヤニヤとした笑みが浮かんでいて、クレアは背筋が冷たくなった。

「ミ、ミーガン……この人たちは？」

「この人たちね、ひどいのよ！」

ミーガンはクレアの問いには答えず、ぷんと頬をふくらませて男たちを横目で睨《にら》んだ。

「私を騙して、盗んだ品に『隠蔽』をかけさせていたの！　ほら、前にクレアにも話したでしょう？　『浪費家の妻が家宝を売り払おうとして困っている』って信徒がいたって、あれ、嘘だったのよ！　せっかく善意でしてあげたのに、ひどいわよね……」

「いつ、気付いたの」

「十日前よ。ほら、スクータ侯爵から殿下に手紙が届いたじゃない？　こっそり読んでみて、気付いたのよ。あ、この捜している指輪、私が『隠蔽』をかけた品だって。それで、次にお仲間が来たときに問いつめてみたら認めたから、お詫びに私に協力させることにしたの」

「……協力？」

「そうよ？　人も売れるのかって聞いたら売れるって言うから、あなたを遠くに売ってちょうだいって頼んだのよ！」

自慢げに胸を張るミーガンをクレアは唖然として見つめる。

彼女の言葉が理解できなかった。

自分が何をしたのか、しているのか本当にわかっているのだろうか。

「どうして……？」

「え？」

「どうしてなの、ミーガン、どうしてこんなこと――」

「――クレアが悪いのよ！」

ミーガンはキッとまなじりをつり上げて、クレアを睨《にら》みつけた。

「私が王太子妃になりたがっているのを知っていたくせに、横取りなんてするから！」

「それは……」

クレアは言葉に詰まる。自分から志願したわけではない。一度はミーガンに譲ろうとした。

けれど、そんなことを言ったところで、今の彼女には納得してもらえないだろう。

それに、初めはどうであれ、今のクレアは彼らの妻になることを望んでいるのだから。

「……ごめんなさい」

「謝っても遅いわよ！　裏切り者！」

癇癪《かんしゃく》を起こした子供のように、ドンと床を踏み鳴らしてミーガンは叫んだ。

「孤児のあなたを哀れんでずっとやさしくしてあげたのに！　この恩知らず！」

わん、と牢内に反響した声が耳を打ち、一呼吸の間を置いて、クレアは呆然と呟く。

「……そんな風に思っていたの？」

けれど、興奮のあまり耳に入らなかったのか、それともあえて無視したのか、ミーガンはクレアの問いに答えることなく、さらなる罵声を投げつけた。

「みなしごのあなたが私よりもいい暮らしをするようになって、様付けで呼ばなきゃならなくなるなんて冗談じゃないわ！　そんなの許せるはずないでしょう！」

憤りと嘲《あざけ》りが入り混じった言葉が、ズキリとクレアの胸に刺さる。

――友達だと思っていたのは、私だけだったのね。

本当はずっと見下されていたのだ。

「……あなたさえいなくなれば、今度こそ私が王太子妃に選ばれるはず。だって、私の方が血筋も身分もずっとふさわしいもの」

涙を滲《にじ》ませるクレアを勝ち誇ったように見下ろしながら、ミーガンが嗤《わら》う。

「みなしごには癒しの巫女《みこ》様より王太子妃より、奴隷や娼婦の方がお似合いよ」

残酷な言葉が、冷たい床に転がるクレアに降りそそぐ。

「もう二度と会うこともないでしょうけれど、身のほどを知って、遠くで私の幸せを祈ってね！」

晴れやかに言い放つと、ミーガンはドレスの裾をひらりとひるがえして、面白そうに成り行きを見守っていた男たちに笑いかけた。

「さぁ、うちまで送ってくださる？」

その言葉に一際体格のいい壮年の男――彼が頭目なのだろう――がニヤリと笑って頷く。

「ああ。……おい、妃殿下を神殿にお届けしろ」

「まあ、妃殿下だなんて、気が早いわよ！」

コロコロと笑うミーガンを「さあ、参りましょう、お姫様」と男の一人が促すと、ミーガンの口からまた弾けるような笑い声が飛びだす。

そうして、男たちに傅《かしず》かれ上機嫌に笑いながら、ミーガンはしゃなりしゃなりと気取った足取りで去っていった。

ミーガンの足音が遠ざかり、上の階へ続く扉が閉まる音が響いた瞬間、プッと頭目が噴きだす。

「くく、見事なもんだ。歩き方が、もうプリンセスだぜ！」

その言葉に男たちがドッと笑い声を立て、たちまち牢内が嘲笑に包まれる。

「……あんたも災難だなぁ。あんなイカレ女と関わっちまってよ」

肩を揺らしながらかけられた頭目の言葉に、クレアは唇を引き結んで目をそらした。

「おいおい、何だ？　オトモダチの悪口は聞きたくないってか？」

ゲラゲラと笑う頭目に、男の一人が声をかける。

「でも頭《かしら》、あの女、素直に帰してよかったんですかい？　どうせなら、あれも売っちまえばいいのに」

「あんな十人並の見てくれじゃ、端金《はしたがね》にしかならねぇよ」

笑いまじりの提案に、頭《かしら》と呼ばれた男は肩をすくめて答えた。

「その点、あいつのギフトは使える。利用するだけ利用させてもらわねぇとな。ま、それまでは、せいぜいイイ気にさせておいてやるさ」

ふん、と鼻を鳴らすと、頭目はクレアに視線を向けて、「その点、こっちは上玉だ」と上機嫌に目を細めた。

「面も身体も悪くねえ。それも王子に選ばれた女神候補となりゃ……いくらになるか楽しみだな」

しまりなく頬をゆるめ、それから、髭《ひげ》の伸びた顎をザリリと手のひらで撫でると、ニヤリと笑みを深めて、一歩牢屋に近付く。

「……でもまあ」

呟く男の声色が変わる。自分を見下ろす視線に獣欲めいた熱が加わったことに気付いて、クレアは身を震わせる。

「売りだす前に検品がてら、ちょいと味見をしておかねえとな」

その言葉に、周囲の男たちが色めき立つ。

剥《む》きだしの腕や足、シフトドレスの胸元から覗く白いふくらみに、無数の下卑《げび》た視線が注がれ、クレアはゾッと肌が粟立《あわだ》つのを感じた。

——いや……怖い！

何をされるのだろう。いや、本当はわかっている。けれど、考えたくない。

頭目が傍らの男に指示を出し、進み出た男が懐から鍵を取りだす。

それが自分のいる牢の錠前に差しこまれるのを目にして、クレアは、ひ、と小さく悲鳴を上げた。

この扉がひらいたら、どんな目に遭《あ》うのか。

「……いや、こないで」

言ったところで聞きいれてもらえるはずがない。

そうしてくれる人たちならば、こんなこと最初からしないだろう。

頭の片隅で冷静な自分がそう告げるが、それでも、クレアはそう言わずにいられなかった。

カチリと錠が外れて、ゆっくりと扉がひらく。

大きな身体をかがめて扉をくぐった頭目が、いたぶるような笑みを浮かべて近付いてくる。

「いや……っ」

逃げ場のない牢の中、クレアは動けぬ身体を動かして、少しでも男から距離を取ろうと這いずるように後ずさり、その無駄な抵抗を嘲笑う男の声が牢内に反響する。

数秒足らずの逃走の後、どん、と壁に肩がぶつかり、クレアは絶望に身を震わせた。

「……大人しくしてりゃあ、可愛がってやるよ」

ギュッと目をつむったクレアの耳に笑い混じりの声が響く。

──いや、さわられたくない。いやだ。助けて。

目蓋《まぶた》の裏に浮かぶ、ここにはいない人──人たちに必死に願う。

──あなたたち以外にふれられたくない。ふれさせないで。どうか助けて……！

かがんだ男が手を伸ばしてくる気配に、クレアは小さく悲鳴を上げ、最後のあがきとばかりに身体を丸めて縮こまる。

下卑《げび》た嘲笑が耳を打ち、剥《む》きだしの腕に男の手がふれる。

湿った手のひらの熱を感じて、悍《おぞ》ましさに、ぶわりと涙があふれた瞬間。

ゴッと何かがぶつかるような音が響き、クレアを穢《けが》す手が消えた。

「──えっ」

トン、と傍らに何かが降り立つ気配に、ハッと顔を上げたクレアの目に映ったのは、格子に叩きつけられてうずくまる頭目の姿。

弾かれたように振り向くと、そこには先ほど希《こいねが》った相手――その内の一人が立っていた。

さらりとなびく白金の髪、澄んだ空色の瞳、リネンのシャツにトラウザーズといった簡素な装いでも、その美貌と滲《にじ》みでる高貴さで、男たちにもそれが誰かわかっただろう。

「……ウィリアムだ」

「嘘だろ、本物かよ」

驚愕に満ちた呟きが交差する中、輝くばかりに美しいその人はクレアの傍らに膝をつき、そっと手を伸ばしてクレアを抱き起こした。

そして、クレアの腕を縛る縄にふれたと思うと、次の瞬間、戒めが消える。

「うう、くそ……っ」

頭を振りながら、ヨロヨロと起き上がった頭目が瞳を憎悪に滾《たぎ》らせ、クレアを抱く「ウィリアム」を睨《にら》みつける。

「てめえ――」

怒りに満ちた頭目の声が牢内に響きわたるよりも、一瞬早く、クレアは強くだきすくめられた。

トンと彼の胸に顔を伏せた刹那《せつな》、ふわりと春風に包まれるような浮遊感に捕らわれる。

そして――次に目をひらいたときには、クレアは見知らぬ部屋の中に立っていた。

＊　＊　＊

木の香りが鼻をくすぐる。どうやら、そこは山小屋のようだった。

想い人の腕の中で首を巡らせると、頑丈そうな造りの寝台と衣装箪笥《ワードローブ》、テーブルと二脚の椅子、それから窓辺に置かれた書き物机と、その傍に佇む人影が目に入る。

「……ああ、無事に連れてこられたようだな」

月明かりを浴びて振り向いた影が、そう呟いたかと思うとシャッとカーテンを閉めて足早に――いっそ駆けるほどの速さで近付いてきて、クレアは、もう一人の想い人に抱きすくめられた。

二つの温もりに包まれて、こみあげる安堵に瞳が滲《にじ》む。

「……残念ながら、安心するには早いぞ」

ボソリと前髪を揺らす呟きに、「え？」とクレアは首を傾げた。

「見ればわかると思うが、ここは北殿ではない。スクータ領にある山番の小屋だ」

「スクータ領の……」

ポツリとクレアが呟くと、「うん、そうだよ」と背後から相槌《あいづち》が返ってくる。

「君を捜して、ここまで飛んできたんだ」

「お二人でですか？」

「うん……私一人なら、すぐにでもクレアを連れて神殿に戻れたんだけれど……」

濁すような言葉にクレアは察する。

しばらくの間、彼のギフト――転移は使えないのだと。

けれど、それも無理のないことだろう。

二人の人間を王都からスクータ領まで、数十キロの距離を転移させた上で、あの廃城に飛んで、クレアを連れてここまで来たのだ。

――そんな無茶をして、身体は大丈夫なのかしら。

クレアが顔を曇らせると、それを現状への不安と受けとったのか「ごめんね」という声がつむじをくすぐった。

「近くまでこないと、クレアの正確な場所を絞りこめなかったから……」

王都からの探知であの廃城にいることまでは突きとめられたが、その中のどこにいるのかまでは探れなかったのだという。

「……転移する場所を間違えれば君を危険にさらすことになる。それだけは避けたかったのだ」

前髪を揺らす真摯な囁きに、クレアはじんわりと胸が熱くなる。

絡みつく腕にこもる力の強さから、二人の想いが伝わってくるような気がした。

――逃げなくて……いえ、戻ろうって決めていて、よかった。

逃げると決めていたら、たとえ今と同じ結果になったとしても、後ろめたさに阻まれて、二人と向きあえなかっただろうから。

「……ありがとうございます」

クレアは顔を上げ、正面に立つ男に向かって呼びかけた。

「ウィル様」

途端、クレアを見つめる空色の瞳が激しく揺れる。

ハッと息を呑む気配に、そっと振り仰いで「リアム様」と呼びかけると、サッと顔をそらされた。

しん、と沈黙が広がり、ややあってそれを破ったのはウィルだった。

「……いつ、気付いたのだ」

激しい動揺を抑えこんでいるような平坦な声で尋ねられ、クレアは答える。

「今日の夜です」

「今日の夜、何があったのだ？」

重ねて問われ、クレアは語った。

ミーガンが来たこと、彼女の話から二人の嘘に気付いたこと、それにショックを受けて、一度は彼女に誘われるまま北殿を出ようとして思いとどまったことまで、包み隠さずに。

「……そっか。それで薬を盛られて、気付いたらあの牢にいたってわけだ」

「はい……お二人を巻きこんでしまい、申しわけありません」

「いや、元はといえば、私たちが君を指名したせいで恨みを買ったのだ。君が謝る必要はない」

「そうだよ。クレアのせいじゃない」

ウィルの言葉にリアムが頷き、それから、そっと視線を交わしてホッと息をついた。

「それにしても……思いとどまってくれて何よりだ」

「うん、ありがとう、クレア」

二人の声に怒りはなく、そこに滲《にじ》んでいるのは安堵と喜びの色だった。

それでようやくクレアは理解した。

きっと二人はクレアが真実を知って、受け入れてくれるのか不安だったのだろう。

だから言えなかったのだ。

「あの……お二人が嘘をついていらしたのには、何か理由があるのですよね？」

単にクレアをいいようにしたかったからだけとは思えない。いや、思いたくない。

そんな気持ちをこめて投げかけた問いに、二人はシンと黙りこみ、それから、クレアを抱く腕にいっそう力をこめるとポツリポツリと答えた。

「……そうだよ。どうしても、君を騙してでも、私たち二人との結婚を承諾させたかったんだ」

「君がどちらか一人を選んだら、選ばれなかった方は表舞台から永久に消える。そういう約束だったからだ」

「そんな……そのようなひどい約束、どなたとなさったのですか？」

問いながらも、クレアは薄々察していた。

そのような約束を王太子である二人に課せられる、いや、科そうとする人間など、一人しか思い浮かばない。

痛いほどの沈黙の後、二人が口にした名前はクレアの予想通りのものだった。

「どうしてそんな……母親なのに……！」

クレアの憤りに満ちた嘆きに、ウィルはいつものように皮肉げに唇の端をつり上げて答えた。

「仕方がないさ。母上は……あの人は私たちの母ではない。ウィリアムの母だ。あの人は、自分が双子を産んだことを認められなかったのだ」

そう呟く空色の瞳には深い諦観が浮かんでいる。

「最初はね、物理的になかったことにしようとしたんだよ」

兄に続いて口をひらいたリアムは怒りと、やり場のない悲しみの滲《にじ》む声でクレアに語った。

双子だと知った次の瞬間、王妃は「兄はどちら？」と医師に尋ね、示された方の首に手をかけたのだという。

「……『国を亡《ほろ》ぼす呪いの子』を産んだって、言われたくなかったんだろうね」

ちょうど生まれた子の顔を見に来た王にとめられ、ウィルは一命をとりとめた。

王は王妃の懇願で生まれた子が一人だと偽ることまでは承諾したが、どちらかを天に還したいという願いは頑として聞き入れなかった。

「だから、次に母は『双子を産んだ』という事実から目を背けたのだ」

自分に息子は一人しかいない。ウィリアム、ただ一人だと思いこむことにした。

誕生日のプレゼントもカードもすべて「ウィリアム」宛てに贈られ、共に着く食事の席も一人分しか用意させなかった。

「父上は、最初は『それはいけない』って二人分用意させていたんだよ。でも、それを見たあの人が毎回癇癪《かんしゃく》を起こしてテーブルから叩き落とすもんだから、父上も諦めるしかなかったみたい」

「私たちはずっと父から、母の前には二人で出ないように言い聞かされていた」

一人ずつならば、まだ王妃は平静を保っていられる。

いつか彼女の心が落ちつき、二人とも自分の子だと受け入れられる日が来るだろう。王は疲れたような表情で二人にそう告げ、ウィルとリアムも、その日を待ち望んでいた。

けれど、十九年のときが過ぎても、王妃の頑《かたく》なな心がゆるむことはなかったのだ。

「……どちらかを消してしまいたいと、ずっと母上は思っていたのだろう」

二人が生まれてから十九回目の夏至《げし》の夜、アニマスの祝祭の晩に王妃は王に訴えた。

あの子たちも来年で二十歳、フィリウスの祝祭を迎えて、乙女を娶《めと》ることになります。ですが、二人の男の慰み者にされるなど女神役の乙女があまりにも哀れです。どうせ玉座に二人を座らせるわけにはいかないのですから、いい加減、歪《ゆが》みを正すべきでしょう――と。

「歪《ゆが》みを正して、あるべき姿に……一人のウィリアムにするべきだと、あの人は言ったんだよ」

ポツリと呟いたリアムの瞳には、やり場のない怒りと悲しみが滲《にじ》んでいた。

「そんな……歪《ゆが》みを正すというのならば、お二人が双子であることを公表するのが、あるべき姿に戻すということではありませんか！」

クレアの言葉に二人はハッとしたように目を瞠《みは》り、けれど、すぐにゆるゆるとかぶりを振って「無理だ」「無理だよ」と口をそろえて答えた。

「……そのようなこと、できるわけがない。今さら、受け入れてもらえるはずがないのだ」

「でも……」

「いいんだよ、クレア。今さらそんなこと、望んでなんていないから！」

ニコリと笑ってクレアの言葉を打ちきると、リアムは「それでね」と話に戻った。

「今までの説得がぜんぶ無駄だったとわかって、とうとう父上は諦めてしまったんだ」

十数年ぶりに二人の存在を認めながら否定する言葉に、長年にわたって王妃の癇癪《かんしゃく》に苦しめられていた王は、ついに折れ、彼女の提案を受け入れた。

つまり、息子を見捨てて、妻を取ると決めたのだ。

「……陛下は、ずいぶんと王妃様にお甘いのですね」

皮肉をこめたクレアの言葉に、二人は苦笑混じりに答える。

「まあね。男女の愛はもうとっくに冷めていたみたいだけれど……」

「赤子の頃からの幼馴染なのだそうだ。だから、見捨てられなかったのだろう」

けれど、王妃の提言を受け入れながらも、王は息子たちに最後の希望を残すことにしたのだ。

女神役の乙女がどちらかを選べば、そのときは選ばれた方が次代の王となり、選ばれなかった方は幽閉される。

けれど、乙女が二人と生きることを望んだならば、その望みを優先する。

王妃はそれに異を唱えず、今後、二人の在りように口を出すことは許さない――と。

「そう言い渡されたとき、母上はあっさり了承したそうだ……二人の夫を、それも双子を望む女などいないと考えたのだろうな。私たちも了承した。それで二度と彼女に煩わされなくてすむのなら、それでいいと思ったのだ」

それから、二人は自分たちを受け入れてくれそうな乙女を捜しはじめた。

「すぐに見つかったよ」

「ああ、君だ」

迷いのないまなざしで告げられ、クレアの鼓動が跳ねる。

「……どうして、私だったのですか？」

当然の疑問に、まばたき一回分の沈黙を挟んでから、ウィルが答えた。

「……君の評判はかねてから耳に入っていた。どのような傷も病も身勝手な信徒でも、慈愛の心をもって癒す女神のような女性だと。ずいぶんと心の広い女性なのだろうと思えた。そして、昨年、君が神官見習いに推薦した二名が双子だったことから、君ならば、迷信や偏見に囚われることなく、私たちと向きあってくれるのではないかと判断したのだ」

「……そうだったのですね」

「そうだよ。君ならばきっと、私たちを救う女神になってくれると思ったんだ」

ふふ、と目を細めてそんな台詞を口にしてから、ふとリアムは表情をあらためた。

「クレア、私たちに言ったよね？　勝手に憧れて、ガッカリしちゃったって。私たちもそうだったんだ……身勝手な期待を抱いていたから、『どちらかお一人と』って言われた時、裏切られた気になって……騙されたんだから騙してもいいだろうと思ってしまったんだ。本当に、ごめん」

沈痛な面持ちで告げられて、クレアの胸に罪悪感がこみあげる。

「そんな、謝るのは私の方です。私があのとき変な意地を張らなければ……」

思い返してみれば、あのとき、ウィルはリアムに「先に私が説明をする」と言っていた。

クレアが話を遮らず、あるいは、からかわれたからと喧嘩腰になることなく、耳を傾ける姿勢を示していたら、きっと最初から打ち明けてくれたはずだ。

「いや、私たちが悪い。その気になれば、いつでも真実を告げられたのに、先延ばしにしていたのだからな……恐れずに、君を信じて打ちあければよかったのだ。そうしておけば……」

このようなことにはならなかっただろう――ウィルが、ふっと眉をひそめて呟いた、その言葉が何かの合図だったかのように、にわかに窓の外が騒がしくなった。

「神殿に帰ったものと諦めてくれればと思ったが、そう上手くはいかないものだな」

ポツリとウィルが呟き、クレアはハッと息を呑む。

そうだ。先ほど言っていたではないか。安心するにはまだ早いと。

きっと盗賊たちがクレアたちを捜しに来たのだろう。

「い、今から、山に逃げれば……！」

クレアの提案にウィルは首を横に振る。

「奴らの正確な人数も配置もわからず、地の利はあちらにある。リアムの転移が使えない今、闇雲に山を逃げるのは得策ではない。確実に君を守れる方法でなくては意味がないのだ」

静かな、けれど揺るぎない口調でそう言うと、ウィルはそっとクレアから離れ、リアムに視線を向けた。

「……リアム、クレアと寝台の下に潜れ」

「兄さんは」

「何かあったら、おまえがクレアを守る。そういう約束でここに来ただろう」

明確な答えはなくとも、自分が囮《おとり》になるという宣言だとわかった。

グッと言葉に詰まるリアムに、ウィルはフッと笑みを浮かべて告げる。

「転移の力が戻り次第、クレアとスクータ侯爵のもとへ飛んで助力を乞《こ》え」

「助力って――」

「クレアを守った後は、王太子としてなすべきことをしろ」

「そんなことしたら、兄さんが……」

「問題ない」

ウィルはリアムの言葉を遮るように断言すると足早に衣装箪笥《ワードローブ》に近付き、両びらきの扉をあけて中を確かめた。

「よし、空だな。これだけ広ければ、二人でも大丈夫だろう」

そうひとりごちてから、クレアを抱くリアムに視線を戻し、唇の端をつり上げる。

「大丈夫だ、リアム。万が一ということがあっても、私におまえの代わりは務まらないが、おまえにはできる」

「そんなっ、できるわけないよ……！」

「できるさ。おまえに足りないのは知識だけだ。すぐに私を追い抜ける。そうならないよう不真面目なふりをしてきたのだろう？　不出来な兄の面目を保ってやるために」

「違う！　不出来なんかじゃない！」

いつものように皮肉げな笑みで告げられ、リアムは顔を歪《ゆが》めて声を荒らげた。

「声を抑えろ。外に聞こえるぞ」

先ほどから、カーテンの向こうをチラチラと松明が行きかい、話し声も大きくなってきていた。

「っ、ごめん」

窘《たしな》められて目を伏せるリアムに、ウィルは「うるさくした罰だ。もしものときは頼んだぞ」と笑顔で命じる。

それから、涙を浮かべて震えているクレアに視線を向け、ふっと眉尻を下げた。

「……泣くな、クレア。どのような心配をしているのかはわからないが、死ぬとは限らないさ。もしも、そうなったらそうなったで、まあ、運命だったと割りきってくれ。どちらか一人残れば充分だろう」

「……嫌です」

サラリとウィルが口にした言葉に、クレアは胸が痛くなった。

王妃の言葉は、ずっとこんな風に二人の心に深く刺さって、彼らを縛っていたのだろう。

「クレア？」

「私は嫌です……どちらか一人なんて嫌です……！」

ゆるゆるとかぶりを振って訴えると、ウィルはわずかに目を瞠《みは》り、それからフッと微笑んだ。

「……そうか。ありがとう。最高の餞《はなむけ》の言葉だ」

「こんなときに、そんな言い方しないで……っ」

クレアが涙まじりに窘《たしな》めると、ウィルはふわりと目元をゆるめ、初めて見るような愛おしげな笑みを浮かべて「そうだな、すまない」と謝ってきた。

まるでこれが最後かもしれないから、最後くらいは素直になろうというように。

――嫌、そんな風に笑わないでよ！

心の中で叫びながら、クレアはキュッと眉根を寄せてウィルに命じた。

「悪いと思うなら、死なないでくださいね……！」

「ふふ、そうだな。善処する」

嬉しそうに彼が頷いたところで、ドン、ドンと小屋の扉に何かを叩きつける音が聞こえはじめて、ウィルの表情が険しいものへと変わる。

「急げ、リアム」

「ああ、行こう、クレア」

「っ、はい」

リアムに手を引かれ、クレアは足早に寝台へ向かう。

「……リアム、クレアがうっかり助けに飛びだしてこないように見張っていてくれ。もちろん、おまえも無駄な正義感など発揮するなよ？　私の尊い犠牲が無駄になるからな」

「わかっているよ。兄さんの尊い犠牲に感謝して、クレアを守ることだけを考える」

「ああ、そうしてくれ」

ウィルは寝台の下に二人が潜りこむのを見届けると、衣装箪笥《ワードローブ》の扉を閉め、それを背にして立ち、ふっと息をついた。

「クレアだけを転移させたと言っても信用しないだろう。私がここにいれば、まず後ろの衣装箪笥《ワードローブ》を検《あらた》めるはずだ。扉を閉めたところで、中に転移しろ」

「わかった」

リアムが頷くと同時に、小屋の扉が蹴り破られた。

無数の足音が地響きのように伝わってきたと思うと、ドカドカと踏みこんできた男たちが、たちまちの内にウィルを取り囲む。

クレアはリアムに抱きしめられながら、「どうか、どうかひどいことになりませんように……！」とイシクルとラヴァにすがるように祈る。

「残念ながらここまでのようだな」

ウィルは優雅な仕草で両手を上げると、憎々しげに彼を睨《にら》みつける頭目に向かって微笑みかけた。

「降参だ。投降しよう」

「……女はどうした？」

「見てわからないか？　安全な場所に転移させたに決まっているだろう」

「ほお、一人でか？」

「生憎《あいにく》、一人転移させるので精一杯だったのでな。レディファーストというやつだ」

白々しいウィルの言葉に、頭目は忌々《いまいま》しげに鼻を鳴らすと「どけ！」とウィルを押しのけ、衣装箪笥《ワードローブ》の扉に手をかけ、荒々しくひらいた。

「……チッ、おい、他に隠れてねえか捜せ！」

バンッと叩きつけるように扉が閉まると同時に、リアムの腕に力がこもり、クレアはふわりと身体が浮き上がるような感覚に囚われる。

そして、次の瞬間には衣装箪笥《ワードローブ》の中にいた。

「――どこにもいません！」

ガタガタと家具や何かをひっくり返すような騒々しい物音が続いた後、悔しげな男の声が響く。

「チッ、本当に逃がしたのか……いい女だったのによぉ」

「ああ、君たちにはもったいないほどにな」

「ッ、野郎！」

ゴッと骨を打つ鈍い音と共に、ドンと衣装箪笥《ワードローブ》に何かがぶつかってくる。

ウィルが殴られたのだと気付いてクレアが思わず身を震わせると、スッとリアムの右手が動いてクレアの口を塞いだ。

それから、押さえつけるように彼の腕に力がこもるのを感じて、クレアは、これからひどいことが起こるのだとわかってしまった。

自分が悲鳴を上げて外に飛び出していきたくなるような、恐ろしいことが。

「……自分を犠牲にして女を助けるとはな、ご立派なことだ」

「ほう、今頃、気付いたのか？」

舌打ちと共に、また鈍い音が響く。

「はっ、君たちにとっても悪い展開ではないだろう？　彼女はまだ王太子妃候補に過ぎない。だが、私は正真正銘の王太子だ。女を一人売るのと、私を人質に国から身代金を引き出すのと、どちらが儲かるか考えるまでもないと思うが？」

「……口の減らねえ野郎だ」

ギリギリと歯噛みをする気配がしたと思うと、ゴンッと音を立てて、何か硬いものが衣装箪笥《ワードローブ》の扉に叩きつけられた。

「お望み通り、てめぇを人質にしてやらぁ。だが、それまでギフトで逃げられちゃ困るからな……」

頭目の声がいたぶるような響きを帯びるのに、クレアの背に冷たいものが走る。

「おい、そこの椅子持ってこい。王太子殿下を座らせてさしあげろ」

ガタガタと物音が続いて、一瞬、しんと静まった後。

「それじゃあ、処置と行こうか」

残忍な宣告がクレアの耳に届いた。

「どこから行くか……やっぱり、そのおきれいな顔からだな」

下卑《げび》た笑い声と共に、何かを殴りつける音が聞こえてクレアはビクリと身をすくめる。

「……ああ、そういえば、あの女、癒しのギフト持ちだったか？　なら、遠慮はいらねえよなぁ？

どんだけ壊れても、生きてさえいりゃ、可愛い嫁さんに治してもらえるもんな？」

その言葉に、クレアはぶわりと全身が総毛立つような心地がした。

「……おい、やれ」

頭目の声が少し遠ざかったと思うと、数人の足音が近付いてくる。

「お頭ぁ、癒しのギフトってどこまで治せるんですかい？」

「さあな」

「折れた歯も生えてきますかねぇ？」

「ははっ、試してみろよ！　ああ、だが、生えてこなかったら、お可哀そうだ。前歯はやめてさしあげろ」

やめて――クレアの悲痛な叫びは、リアムの手によって音になることなく押しとどめられた。

絶対に行かせないというように、クレアを抱く腕に力がこもる。

口を覆われたまま、彼の胸に右の頬を押し付けられ、左手で左の耳を塞がれる。

途端、伝わってくる激しい鼓動にクレアは顔を歪《ゆが》めた。

――そうよね。平気なわけがないわよね。

ただ一人の片割れが壊されようとしているのだから。

それでも、クレアを守るために耐えてくれているのだ。

安っぽい同情や正義感で、この覚悟を、二人の気持ちを踏みにじるわけにはいかない。

クレアは胸に渦巻く激情を押さえつけてきつく目をつむり、少しでも早くリアムのギフトが回復するようにと願う。

耳を塞いでいても聞こえてくる物音と品のない笑い声、くぐもった呻《うめ》きに涙をこぼしながらも、願いが天に届くまで、ただひたすらに祈りつづけた。

＊　＊　＊

永遠にも思えるときを経て、転移したのはどこかの屋敷の寝室のようだった。

窓から射しこむ月光に照らされ、品の良い調度が並ぶ室内が青白く浮かび上がっている。

「――誰だ!?」

鋭い誰何《すいか》と共に、寝台にいた大柄な壮年の男が跳ね起き、素早く枕の下に手を差しこむ。

護身用の短剣でも忍ばせているのだろう。

「スクータ侯、私だ。ウィリアムだ」

キラリと白刃がひるがえったところで、短くリアムが答えると、ピタリと男の動きがとまった。

「殿下……？」

スクータ侯爵はサッと寝台から降りると足早に近付いてきて、リアムの顔を確かめるなり、短剣を鞘《さや》に納めて、片膝をついた。

「これは失礼いたしました」

「いや、こちらこそ夜分遅くにすまない。貴殿に助力を乞《こ》いに来たのだ」

静かに語るその声は、いつもの軽薄さは鳴りを潜め、聞く者が背筋を正したくなるような威厳に満ちている。

「助力でございますか……」

訝《いぶか》しむように眉をひそめながら、スクータ侯爵はリアムに抱かれているクレアへ視線を移す。

それに気付いたのだろう。リアムは微笑を浮かべて侯爵に告げた。

「フィリウスの祝祭の女神だ。彼女を攫《さら》われて、取り返しにきたのだ」

「おお、この方が……して、攫《さら》われたと言いますと？」

「四年前の残党かはわからぬが、あの山にまた盗賊が巣食っている。神殿内部にそれと通じている者がいたのだ」

「何と……！」

侯爵はリアムの言葉を聞くなり、すぐさま真剣な面持ちになって立ち上がった。

「そういうことでしたか……では、夜が明け次第、兵を集めて討ち取りに参りましょう！」

力強い宣言にリアムは「ありがとう」と微笑んで、それから、「だが」と表情を引き締めて侯爵に告げた。

「すまないが、今すぐに集めてくれ。一刻を争うのだ」

「……どういうことでしょうか」

「今、彼らは山番の小屋に集まっている。今ならば確実に頭目を捕らえられるはずだ。夜が明けるのを待っていては取り逃がす恐れがある。それに……」

リアムはそこで言葉を切り、スクータ侯爵の左手に光るアメジストの指輪に視線を向け、グッと眉根を寄せて口をひらいた。

「その指輪を見つけてくれた男の身が危ういのだ」

「え？　これはあなたが――」

言いかけた台詞を呑みこみ、スクータ侯爵がハッと目を瞠《みは》る。

そして、リアムの顔をまじまじと見つめて呟いた。

「あなたでないのならば……そうか、転移と探知」

「さすが、察しがいいな」

「双子なのですね！」

「そうだ。探知のギフトを持っているのは、私ではない。兄だ。スクータ侯、どうか私の兄を助けてくれ」

衝撃の事実にスクータ侯爵はすぐに言葉を返せないようだった。

愕然とした表情で指輪に視線を落とし、それから、壁にかけられた肖像画に目を向ける。

そこにはスクータ侯爵と共に――夫人と令嬢と思われる――安楽椅子に腰かけたやさしげな女性と幼い少女、それから夫人の膝で丸まる白い猫が描かれていた。

きっと今、彼の頭の中には、リアムとウィルが守ってくれたものがよぎっているのだろう。

ゆっくりと目をつむってひらき、リアムに向き直ったとき。

侯爵の瞳には先ほど――双子だと打ち明けられる前と変わらぬ、強い敬意と決意が宿っていた。

「……わかりました。今こそ、御恩に応えるときでしょう。今すぐに兵を集めます」

「……ありがとう。どうか、頼む」

厳《おごそ》かに頷くリアムの声には、深い安堵が滲《にじ》んでいた。

＊＊＊

ジリジリと時間だけが過ぎていく。

あてがわれた客室でクレアが時計を睨《にら》んでいると、ポツリとリアムが声をかけてきた。

「……兵を集めてからなんて遅すぎる、って思っている？」

「……はい」

先ほどは口を挟んではいけないと黙っていた。

けれど、悠長に兵など集めていないで、あの場に転移できるだけの力が戻り次第、すぐにでも助けに行ってほしい――というのがクレアの正直な気持ちだ。

助けてもらった身の上でリアムを非難する資格などないと、わかってはいても、どうしてもそう思わずにはいられなかった。

「……今すぐ集めてもらうのが、ギリギリのわがままなんだよ」

上着をまとい、ずっしりと重たげな剣が下がった剣帯を身につけながら、強張った表情でリアムが答える。

「そんな……」

「私だけが行けば兄さんは助けられても、盗賊たちを捕らえることはできない」

そして、彼らを逃がせば民に被害が出る。

「逃げたのが君一人だと思われている今ならば、確実に頭目を捕らえられるだろう。王太子として判断するなら、そうするべきなんだ」

淡々と語るリアムに「それでもっ」と言い返そうとして、クレアは言葉を呑みこんだ。

手袋を着ける彼の手が、微《かす》かに震えていたから。

彼とて、決して平気ではないのだ。

「……わかりました」

クレアは静かに呼吸を整えると、背筋を伸ばしてリアムと向き合った。

「では、私も行きます。その場で治療ができるように」

「ダメだ」

「っ、なぜですか？」

「君を危険に晒せない。それに……」

手袋に視線を落としたまま、リアムはポツリと答えた。

「……好きな人には、見られたくない状態になっていると思うから」

「……好きな人？」

場違いに可愛らしい言葉を耳にして、パチリと目を瞠《みは》るクレアに、リアムは「うん、そうだよ」と苦笑を浮かべて頷く。

「兄さんは条件が合ったから君にしたみたいなこと言っていたけれど、本当はそれだけじゃない。私も兄さんも、君が好きだ」

そう言って、リアムは少し気恥ずかしそうに目をゆるめた。

「実は、こっそり柱の陰から見つめていたのは私たちも同じなんだよ。一カ月に一回、祈りに行く日以外も、時間が空くたびに君をながめに行っていたんだ。お忍びだからね、話しかけるわけにはいかなかったけれど……君と話せる日をずっと楽しみにして、君に焦がれていた」

「そう、だったのですか……」

予想外の告白にクレアはどのような表情をしていいかわからなくなる。

頬を染めつつ、眉を下げて戸惑うクレアを、リアムは目を細めて見つめながら言葉を続けた。

「先に君を好きになったのは兄さんなんだよ？　……ほら、ルディとラディ、あの双子の子、神官見習いになる前から、君に会いに神殿に来ていただろう？　三年くらい前かな、あの子たちに笑いかけている君を見かけて、兄さんは恋に落ちたんだ。……ふふ、チョロいよね。それで、王妃から条件を出されてすぐに私に言ったんだ。クレアにしよう。彼女は他の人とは違う、彼女ならば二人とも愛してくれるはずだって……意外とロマンチストだろう？」

クスクスと笑いながらも、リアムの少し潤んだ目にからかいの色はない。

過ぎた日々を懐かしむように、温かなまなざしをしていた。

「月ごとの祈りは兄さんに任せていたから、私は、神殿にほとんど行ったことがなくてね……兄さんから話を聞いて、すぐに君に会いに行った。まあ、といっても遠目に見ただけだったけれどね。可愛い子だなって思ったよ。確かに、笑顔がいいなって。健やかで、まばゆくて、きれいだって。でも、正直、兄さんの意見は楽観的だと思った。だって、弟として可愛がるのと、夫にするのでは違うだろう？　双子を可愛がっているからって、二人の夫を愛してくれるとは限らない」

「……確かに、そうですね」

「でしょう？　一度しか選べないんだから、絶対に失敗できない。お金目当てでも確実に承諾してくれる子を探した方がいいんじゃないかって私は思った。でも、兄さんは君がいいと言ったんだ。クレアに賭けたいって。もしも拒まれたら、そのときは自分が消えるからって……兄さんの見る目は正しかったね」

ふ、と口元をほころばせて、リアムは長い睫《まつげ》毛を伏せる。

「……とはいえ、その約束がなかったとしても、兄さんはどちらか一人しか選ばれないのなら自分が消えるつもりだったと思うけれどね……ほら、私のギフトは幽閉に向かないだろう？」

「……はい」

確かに、転移のギフトを持つリアムをどこかに閉じこめることはできないだろう。

「だから、私が幽閉されるときには、きっとギフトが使えないよう処置をされるはずだって……」

今、ウィルがされているように――クレアが頭に浮かんだ言葉に胸を押さえると、リアムも同じことを考えたのだろう。

痛みを堪えるように一瞬顔を歪《ゆが》め、けれど、すぐに取繕うように微笑む。

「兄さんはさ、言うことは可愛げがないけれど、あれで愛情深い人なんだよ！」

「……そうですね」

「わかってくれる？」

「はい……今は、わかります」

「……そう。ありがとう」

満足そうに頷くと、リアムは悪戯《いたずら》っぽく目を細めて言った。

「今話したこと、兄さんが恥ずかしがるから内緒にしていたんだけれど、帰ってきたらからかってやるといいよ！」

「そうですね」

クレアは願いをこめて頷いた。

「からかうかどうかはともかく……必ず、連れて帰ってきてください」

「うん、任せて！」

ニッコリと請け合ったリアムが身をかがめ、ブーツの紐を結び直す。

それから静かに身を起こし、ふ、と小さく息をつくと、大股で近付いてくるなり、クレアを抱きすくめた。

「――クレア、君が好きだ。好きだよ。でも、選ぶのなら兄さんを選んで」

骨が軋《きし》むほどの強さでクレアを抱きしめながら、リアムはそう願った。

「……リアム様」

どうして、とクレアが目顔で問うと、彼はくしゃりと顔を歪《ゆが》めて「私には、君に選ばれる資格はないから」と呟いた。

「昨日、私たちが部屋で言い争っているのを聞いただろう？」

「少しだけ……リアム様が『今さら何を言っているんだ』とおっしゃるのが聞こえたくらいです」

「そう……あのときね、クレアが本当に私たちを見分けてくれたのなら、いや、見分けられなくても、すべて打ち明けて選んでもらうって、兄さんが言いだしたんだよ」

「そうだったのですか？」

「うん……私は反対した。また兄さんの悪い癖が出たんだと思ったから」

「悪い癖？」

「そう。クレアを好きになりすぎて、騙しているのが苦しくて、もうすべてを終わらせようって、勝手に諦めちゃったんだろうなって……兄さんは昔から、そういうところがあるから」

それがいいところでもあるのだが、たまにすごく腹が立つのだ、とリアムは溜め息をこぼす。

「でも、私は嫌だった。せっかく君が好きになってくれてきているのに、今さら嘘をついていたと打ち明けて、傷つけて嫌われるくらいなら、いっそ一生つき通すべきだと思った」

グッと拳を握りしめて、リアムは「だって！」と声を強めた。

「どうせ、違う私たちを見せているのはクレアだけなんだ。大切なのは、私たちが違う人間であることを知っていて、心から受け入れてくれる人が、たった一人でもいることで！　名前なんてどうでもいいじゃないか！」

「……リアム様」

「それなのに……」

深々と溜め息まじりに呟いて、リアムは肩を落とす。

「……兄さんはそれでは嫌だ、本当の名前で呼んでほしいからって……私は、クレアが呼んでくれるのなら、ウィルだろうがリアムだろうが、それが私の名前でかまわないと言ったのに……」

だから、クレアが呼んでくれるのなら、それでいいと言っていたのか。

「クレア……最初に君を騙すと決めたのは私だ。私は君を勝たせる気はなかった。絶対に二人とも選んでほしかった。でも、兄さんは、君が一人だけを選ぶのならその意志を尊重しようとしていたんだ。私はそんなの嫌だった。私だってクレアを諦めたくなかったし、兄さんの初恋だって叶えてあげたい。三人で幸せになりたかったんだ！」

リアムは激したように叫んで、それから、ふ、と睫毛《まつげ》を伏せて唇の端を歪《ゆが》めた。

「君を騙して手に入れて、一緒に幸せになれるはずなんてなかったのに、バカだよね」

「……リアム様」

「だから、私に君の夫になる資格はない」

自分自身に申し渡すように言って、リアムは、サッとクレアから身を離した。

「……そろそろ、集まっただろう。行ってくる」

ボソリと呟くと、クレアが口をひらく前に、わざとらしいほど明るい笑みを浮かべて。

「必ず兄さんを、君の夫を連れ帰ってくるよ！」

そう言い放ち、リアムは上着の裾をひるがえして駆けていった。

「──っ、いってらっしゃい！　待っています！　お二人の帰りを！」

クレアは扉の向こうに消えていく背中に向かって叫んだ。

隙間からヒラヒラと揺れる手が見えて、パタンと音を立てて扉が閉まる。

しん、と静まり返った部屋の中、クレアは小さく溜め息をついて、ポツリと呟いた。

「……勝手に決めないでよ」

二人とも、どちらか一人が残れば充分だとか、資格がないだとか、クレアの話も聞かないで。

勝負をしかけてきたのは彼らの方なのに、途中で諦めるなんて無責任だ。納得がいかない。

そうだ。絶対に納得なんてしないから。

二人とも無事に——無事でなくても生きて帰ってきてほしい。

必ず治してみせるから。傷一つ残さずに、すべて。

——だからどうか、二人を私のもとに帰してください。

クレアは窓の外で輝く月をそっと見上げて、そう切に願った。

＊　＊　＊

それから、どれほどの時間が経っただろう。

窓辺で祈るクレアを照らす光が、青白い月明かりから朝の陽ざしに変わる頃。

彼らが戻ったという報せが届いた。

すぐにでも会いたかったが、クレアが二人のもとに呼ばれたのはしばらく経ってからだった。

「——ウィル様、リアム様っ」

息せき切って駆けこんだ客室で目にしたのは、傷一つなく佇むリアムと、その傍らの椅子に腰を下ろした——ウィルと思わしき男の姿だった。

こちらに戻ってきてから着替えたのだろう。

染みも汚れもない、ゆったりとした白いシャツに黒のトラウザーズ、その上にガウンを羽織って椅子に腰かけた姿は就寝前のくつろぎのひとときのようだ。

けれど、ガウンの袖から見える手と首から上の部分は、凹凸もわからなくなるほど、びっしりと包帯で覆われていた。

「……ただいま、クレア。約束通り、連れ帰ってきたよ！」

言葉を失い立ち尽くすクレアに、リアムがニコリと笑って告げる。

その声にクレアはハッと我に返ると、返事をするのも忘れてウィルに駆け寄り、すべりこむように彼の前に膝をついた。

視界が黒く染まり、それから、暗闇に目が慣れるように段々と目蓋《まぶた》の向こう側が透けてくる。

そうして見えたイメージに、閉じた目蓋《まぶた》から涙があふれだす。

包帯が消えた彼の顔は、目も鼻も口も何も見えないほど、鮮やかな真紅の靄《もや》で覆われていた。

「……泣かないで、クレア」

しゃくりあげたクレアの肩を、リアムがそっとなだめるように撫でる。

「っ、ごめんなさいっ」

もっと注意深くあれば、自分が攫《さら》われたりなどしなければ、こんな目に遭《あ》わせずにすんだのに。

そう思って口にしたクレアの謝罪を、リアムは「ダメだよ、クレア」と苦笑を浮かべて窘《たしな》めた。

「せっかく惚れた女のために身体を張ったのに、謝られちゃったら立つ瀬がないじゃないか！」

リアムの言葉に、ウィルが何事か言い返そうとして、ゴホリと咳《せ》きこむ。

ハッと目をひらけば、口の辺りの包帯がジワリと赤色に染まるのが見えて、クレアは息を呑んだ。

口内の出血が、まだとまっていないのだ。

クレアは、新たな涙があふれそうになるのを袖で拭って、ギュッと目を閉じる。

泣いている場合ではない。そうだ。謝る暇があるなら、一秒でも早く治さなくては。

――お願い、治って。今すぐに。

もったいぶった祈りの文句など浮かばなかった。

ドクンと鼓動が高まり、速まり、胸の中心――心からあふれた光が、握りしめた手からウィルの身体へ流れこんでいく。

その光は先ず、つながった彼の左手で渦巻く靄《もや》とぶつかった。

真紅の靄《もや》と白い光が押しあいへしあい、クレアはグッと奥歯を噛みしめて祈りを強める。

――さっさと消えて！

そう願った瞬間、燃えあがるように光が強まり、靄《もや》を打ち砕いた。

まずは一つ、クレアの瞳から安堵の涙がこぼれるが、すぐさま気を引き締めて祈りに戻る。

ウィルの腕を這い上がった光が、赤く霞《かす》んだ顔に新たな仮面を着けるように広がっていく。

ここまでひどいと、もはやどこから治せばいいのかわからないが――

――いいから、ぜんぶ治って！

がむしゃらに願う内に、赤と白が墨流しのごとく混ざりあい、クレアの祈りが打ち勝つたびに、モザイクタイルが剥《は》がれるように靄《もや》が消え、ウィルの顔が戻ってくる。

口元が見えたところでクレアが目をひらくと、ウィルが小さく咳をして、ゆるんだ包帯の隙間、形の良い唇から鮮やかな赤があふれ、顎へと伝う。

けれど、彼が持ち上げた左手で、ぐいと拭ったその後に新たな血が滲《にじ》んでくることはない。

「……今なら簡単に見分けられるだろうに、治させてすまないな」

いつもよりくぐもった声で、いつものようにウィルが可愛げのない台詞を口にする。

クレアはそれが嬉しくて、けれど、「こんなときにまで！」と少しだけ腹も立った。

「……治しても見分けられます。勝ちますから」

「そうか」

ポツリと呟くと、ウィルは傍らで見守るリアムにチラリと視線を――包帯に覆われてはいたが――向けて、またクレアに向き直り、ふわりと微笑んだ。

「……君の勝利を願っている」

その言葉に、リアムが同意を示すように頷く。

クレアが勝つということは、どちらかが未来を閉ざされるかもしれないということなのに。

――それでもいいと、思ってくれているのね。

クレアは二人の顔を見つめて、「はい、ありがとうございます」と笑顔で答えながら、思った。

勝とう——と。

負けたから仕方なく彼らを受け入れるのではなく、クレア自身が望んだのだと示すために。

——必ず、勝つわ。

そう心に誓うと、クレアは再び目をつむり、望む未来に繋げるために祈りはじめた。

第七章　堂々と三人で

それからの九日間は慌ただしく過ぎていった。

外部との関わりを断つというルールはどこへやら、ひっきりなしに届く手紙や書類のやりとりに追われるうちにときが経ち、やがて迎えた夏至《げし》の夜。

クレアは本殿の一室――聖域たる「儀礼の間」へ続く「境の間」で、ウィルとリアムに挟まれ、一枚布の装束をまとい、新たな神官長となった神官と向き合っていた。

九日前に〝突然の病で退いた〟前任者は、現在、王宮の地下で娘と共に裁きを待っている。

「――偉大なるイシクル神とラヴァ神の御加護がありますように」

長々とした口上をそんな決まり文句で締めくくると、壮年の神官はホッとしたように表情をゆるめた。その顔には誇らしさよりも、ようやく終わったという安堵と深い疲労の色が滲《にじ》んでいる。

予期せぬ大役を突然担うことになり、この九日間、心休まる暇がなかったのだろう。

本殿に足を踏み入れるのも初めてとのことで、ともすればクレアよりも緊張した様子だった。

――治してさしあげたいけれど……。

クレアのギフトは怪我や病は治せるが、疲れを取ることはできない。

「……ありがとう。後は私たちだけで大丈夫だ。君は戻って、祝祭の夜を楽しんでくれ」

労《ねぎら》うようにかけられたウィルの言葉に、新たな神官長の表情が晴れやかなものに変わる。

「はい、ありがとうございます。そうさせていただきます」

あらたまった口調で答えながらも、深々と頭を下げて上げるなり、新神官長はそそくさと去っていった。

「……今夜はゆっくり眠れるといいですね」

「そうだな」

「君と違ってね」

クレアがこぼした呟きにウィルが頷き、リアムが茶化す。

「……本当にリアム様は相変わらずですね」

呆れたように言ってから、クレアは一歩前に出て、目をつむる。

さあ、勝負のときだ。

「……では、見分けますから、お好きに入れ替わってください」

そう声をかけても、二人が動く気配はなかった。

最初からクレアに勝ち目を譲るように、その場に留まりつづけている。

心の中で十数え、二十を過ぎて、三十に届いたところで、クレアは、ふう、と溜め息をこぼす。

「……言いましたよね、私。必ず、絶対に見分けてみせますって」

だから、勝負をさせてほしい。二人への想いを証明するために。

そんな決意が伝わったのか、返事はないままに背後で二人が身じろぐ気配がして、二つの足音が交差するように響く。

その音がとまったところで目蓋《まぶた》をひらいて振り向き、視線を合わせる。

ウィルでもリアムでもなく、「ウィリアム」の笑みを浮かべた二人が、ひたりとクレアを見つめて静かに頷く。

さあ、選べ――と促すように。

クレアは頷き返し、二人を見つめる。

先ほどは向かって左がウィル、右がリアムだった。

入れ替わったのならば左右反対になっているはずだ。

けれど、その思いこみを逆手に取り、入れ替わったふりをして元に戻ったという可能性もある。

最初に夕食の席で、そうしたように。

あのときは二人の違いがまったくわからなかった。

――今日は、絶対に見分けてみせるつもりだったけれど……。

本当のところ、ほんの少しだけ不安にも思っていた。

見分けられなかったらどうしよう――と。

同じ顔、同じ表情、スッと背筋を伸ばした立ち姿、まばたきや呼吸のタイミングさえもそろっている。そんな二人をどうやって見分ければいいのかと。

けれど、その心配は不要だった。

クレアはこみあげる感慨と愛おしさで、ジワリと目の前が滲《にじ》むのを感じた。

傷痕の有無を確かめるまでもない。

鏡映しのごとき姿であっても、それでも、今ならば見分けられる。

クレアを見つめる、その瞳に宿る想いだけで。

――だって……ぜんぜん、違うもの。

すべてを委《ゆだ》ねるような、慈しみにも似た諦観と、静かだが深い愛情が揺れているのはウィル。

まだ捨てきれない希望にすがる気持ちと、焦がれるような熱が滲《にじ》んでしまっているのがリアム。

それはきっとクレアだけにわかる、二人の見分け方だろう。

クレアは目をつむり、深く息をつく。その拍子に想いの丈があふれるように、一粒の涙が睫毛を濡らし、頬を伝っていった。

それから、スッと息をついて、目蓋《まぶた》をひらくと、まっすぐに二人に向きあい答えを出した。

「……あなたがウィル様で、あなたがリアム様」

一人ひとり、しっかりと視線を合わせて告げると、二人はゆっくりと表情を変えて、頷いた。

「……正解だ」

「ふふ、簡単過ぎたかな」

ウィリアムからウィルとリアムに戻った二人は、嬉しそうに、けれど切なそうに微笑む。

「はい、とっても」

ニコリと頷いて、クレアは宣言する。

「ということで、選ばせていただきます！」

それから、息さえひそめて答えを待つ二人の手を取り、笑みを深めて告げた。

嘘偽りのない、心からの願いを。

「……お二人ともください。二人とも欲しいです」

途端、二人はそろって目をみひらき、くしゃりと仲良く顔を歪《ゆが》めた。

「ああ、もちろん、すべて君のものだ……っ」

「ありがとう、クレア……ありがとう！」

口々に言いながら、競うようにクレアに手を伸ばし、掻き抱く。

二人の腕の中に閉じこめられ、背に腰に食いこむ指の力に、そこにこめられた痛いほどの想いが伝わってくるようで、グッと胸が締めつけられる。

その想いに応えるように、クレアも二本きりしかない腕をそれぞれの背に回して、精一杯強く、抱きしめ返した。

＊　＊　＊

ひとしきり抱き締めあった、その後。

一つしかないクレアの身体をどちらが抱いていくかという下らない争いの末に、クレアは自分を運ぶ権利をもぎ取ったリアムによって、運ばれていくこととなった。

儀礼の間へ通じる扉がひらき、くぐった瞬間、ハッと息を呑む。

空気がまるで違っていた。

澄んだ水の匂いが鼻をくすぐり、清らかな水音が耳に届く。

パタンと扉が閉まって、視界が薄闇に沈む。

心細くなってリアムの首にしがみつくと、嬉しそうな笑い声が頬をくすぐった。

「暗いのは少しの間だよ、この先を曲がればひらけたところに出るから」

「そこが儀礼の間なのですか？」

「うん、楽しみだね」

素朴な問いに返ってきた言葉に、今からそこで何をするのかを思いだして、クレアはジワリと頬がほてるのを感じた。リアムも、それに気付いたのだろう。

「ねえ、クレア、楽しみだねぇ？」

じゃれつくように重ねて問われ、クレアは黙秘を選ぶ。

リアムはクスクスと肩を揺らしながら、クレアの頬に頬をすりつけて楽しげな声を上げた。

「私は楽しみだよ！　君を本当に抱ける日を待ち望んでいたから……」

そう、ひそやかな想い――というには赤裸々すぎるが――を打ち明けるように囁き、とめていた足を動かし、歩きはじめる。

儀礼の間、女神と男神が愛を交わす場所へと。

伝わる振動に、慌ててリアムの首にしがみついたクレアの耳に「おまえだけじゃないだろう」とひとりごとめいたウィルの声が届く。

ますます頬に熱が集まるのを感じながら、クレアは向かう先に目を凝《こ》らした。

薄闇の中を進んでいくと道の先から青白い光が漏れてきて、それが段々と強まっていく。

突き当たりを右に折れたところで、さあっと吹きつけてくる爽やかな夜風に思わず目をつむり、ひらいて、クレアは小さく息を呑む。

目の前に広がっていたのは、吹き抜けのホールほどの大きさの岩窟だった。

天井を見上げると天窓のような穴が空いていて、丸く降りそそぐ月明かりが、その真下に設《しつら》えられた純白の大理石の祭壇に注いでいる。

パシャンと響く水音と共にリアムの身体が階段一段分ほど下がって、クレアは視線を落とし、あ、と目を瞠《みは》った。

――水だわ……！

そこかしこの壁から水が染み出ているようで、ごくごくゆるい流れが祭壇の周りを清らに満たしている。黒々とした岩肌を覆う水に月が映って、まるで部屋全体が巨大な水盤のようだ。

クレアがキョロキョロと辺りを見回している間に、リアムとウィルは祭壇の前まで歩いていき、クレアは祭壇の上に下ろされた。

「……それじゃあ、始めようか」

クレアの正面に立ったリアムが、ニコリと笑う。

「は、はい」

答えたところで、スッと伸びてきた彼の手に装束の右肩を留めるピンを外される。

巫女《みこ》の装束は、一枚の布の上端を折り返して身体に巻きつけ、肩の部分を引っぱり上げてピンで留め、腰紐を結んだだけのものだ。

なので、ピンを外されると、たちまち上半身が露わになってしまう。

「え、あの……い、いきなりですか」

何か三人で祈ったり、誓いの言葉を口にしたりはしなくていいのだろうか。

戸惑いながら尋ねると、いつの間にかクレアの背後に回っていたウィルがクレアの左肩にふれ、そっとなだめるように撫でた。

「……クレア、フィリウスの祝祭に決まった祈りの言葉や手順はないのだ」

囁きながら残ったピンを引き抜かれ、ハラリと布がはだける。

ひんやりとした夜の空気に肌寒さを感じたのは一瞬。

「……そうだよ、クレア。フィリウスの祝祭のルールは一つだけなんだ」

「女神役と男神役が愛を交わし、互いに示すこと。ただ、それだけだ」

「まあ、いわば『悦びの舞』ってやつだね」

「新たな命が宿ることを願って行う、最も原始的な祈りの舞踏ともいえるな」

口々に言いながら、ジワリと熱を増していく声がクレアの耳をくすぐる。

剥《む》きだしの肌を二つの視線に炙られて、身体の芯に種火のような熱が灯《とも》るのがわかった。

恥ずかしくて、少し怖い。けれど、もっと見つめてほしい。

相反するような気持ちにクレアが戸惑い、ふるりと身を震わせると、前後から寄りそうように――あるいは捕らえるように抱きしめられる。

「……クレア、約束する。君が本気で嫌がるようなことはしない」

背後から手を伸ばし、クレアの左手を取って、その甲に口付けを落としながら、ウィルが囁く。

「うん。だから、怖がらないで。私たちの愛を受けとめて」

目を伏せたリアムがクレアの右手を両手で包むようにつかみ、絡めた指に唇を押し当て、希《こいねが》う。

それぞれ違った祈りを捧げるような仕草に、クレアはパチリと目を瞠《みは》り、それから、ふっと身体から力を抜いて微笑んだ。

「……わかりました。精一杯受けとめますから、お二人の愛を私に示してください」

その言葉を合図に祝祭が始まった。


最初に口付けてきたのはウィルだった。

顎をつかんで振り向かされ、唇が重なったかと思うと、それが深まる前に、今度はリアムに頬を撫でられ、奪い取るように口付けられる。

そのまま舌をねじこまれたところで、ウィルが小さな溜め息を一つつき、行き場のなくなった唇をクレアのうなじに寄せてきた。

本当は唇にそうしたかったというように、そっと押し付け、食《は》んで、チロリと舌でなぞられて、クレアは小さく身を震わせる。

それに煽られたのか、リアムの口付けがいっそう熱を増すと共に、ウィルの手がクレアの脇腹をかすめて前に回り、二つのふくらみにふれた。

「っ、ふ」

ゆるく立ち上がった胸の先が硬い手のひらでこすれ、むず痒さにも似た淡い快感が走る。

そのまま両手で包みこむように一度だけやさしく揉まれたと思うと、薔薇色の頂きを摘《つ》ままれ、ゆっくりと押し潰される。

——あ、このやり方、ダメ……っ。

いっそ強く押し潰されたなら、その一瞬の刺激を堪えればいいだけなのだが、このようにされるとやり過ごせない。

ウィルの指にこもる力が強まるほどに、胸の先で生まれた甘い痺《しび》れが増し、下腹部にもどかしいような疼きが生まれ、ジワジワと育っていく。

「ん、ふぁ、ぁ、ぁっ」

少しずつ少しずつ刺激が強まり、後少しで痛みに変わってしまうところでとまり、きゅうとやさしく捻って引っぱり上げられる。

「——っ、ん」

ズキンと胸とおなかに刺さるように快感が響き、クレアがビクリと身じろぐと、ふ、と笑う吐息がうなじをかすめ、次に、不満げな溜め息と共にリアムの舌が離れた。

「……クレア、私にも集中して」

「ぁ、ごめんなさ……っ」

「いいよ、私はこっちで啼《な》かせてあげるから……」

リアムはすねたように言いながら、クレアの腰のあたりでわだかまる装束の裾から右手をすべりこませた。

うっすらと汗ばんだ肌を骨ばった指が這い上がり、足の付け根に辿《たど》りついた瞬間、くちゅり、とごまかしようのない水音が響く。

羞恥と快感、それからこれからの行為への期待で、また一つクレアが身を震わせると、リアムは嬉しそうに目を細めた。

「……ふふ、すごいね。もう蕩《とろ》けてる」

「言わなくていいです」

「ちょっと動かしただけで、私の指を伝って絡みついてくるね」

「いいって言ったのに……っ」

どうしてわざわざ口に出すのか。クレアが恨めしげに睨《にら》むと、リアムは、くちくちと蜜口を指先でくすぐって悪戯《いたずら》に音を立てながら、愛おしそうに目を細めて答えた。

「ごめんね。別にクレアを辱《はずかし》めたいわけじゃないんだよ？　ただ、クレアが私の指で悦んでくれているんだと思うと嬉しくて、つい言いたくなるというか、口に出して確認したくなってしまうんだ」

「っ、そんな……」

絶対嘘だ。だって、どう見ても、彼は恥じらうクレアをながめて愉《たの》しんでいる。

チラリと意見を乞《こ》うように後ろを振り返れば、ウィルは片眉を上げて首を横に振った。彼も嘘だと思っているらしい。

とはいえ、このような言い方をされると、強く叱るのも可哀想かとも思ってしまう。

「……そうだとしても、控えてください」

熟慮の末、そう窘《たしな》めるだけにとどめると、リアムは「うん、わかった！」と晴れやかに頷いた。

それから、にんまりと笑みを深めて。

「クレアは本当にやさしくって……可愛いすぎるよね」

そう囁くなり、指先で花弁を押し広げ、ぐちゅりと音高く二本の指を蜜口に潜りこませた。

「――っ」

突然の刺激にクレアはキュッと目をつむって、声にならない甘い悲鳴を上げる。

「あは、トロトロだから、すんなり入っちゃった」

「っ、あ、や、動かしちゃ……、んんっ」

「気持ちいい？」

ゆっくりとクレアの中をなぞりながら、ふふ、とリアムが笑みをこぼす。

「いいんだよね？　だって、たくさん私や兄さんに、気持ちいいところを見つけ出されて、育てられちゃったもんねぇ？」

「そ、そんなことっ、んんっ」

「ない？　本当に？」

奥まで指をねじこまれ、へそに向かってグッと持ち上げるように揺らしながら、ぐじゅぐじゅと出し入れをされると、いまだ続く胸への刺激と相まって、腰が震えるほどの快感がこみ上げてくる。

「やっ、そこ、ダメ……っ」

「そう、気持ちよすぎてダメなんだよね？　いいよ、一回これで果てておこうね」

鼻歌交じりに囁いて、リアムが指の動きを速める。

「っ、あ、ふぅ、ん、んんっ」

耳を塞ぎたくなるような水音が高まるにつれて、腰の奥から熱い感覚がせり上がってくる。

「ウィル、さまっ」

助けを求めるように振り向いて口をひらくと、諦めろ、というように唇を塞がれた。

「あーあ、クレアったらひどいなぁ、見せつけちゃって！」

すねたようなリアムの言葉が耳に届くと同時に、彼の左手が装束の裾から入りこむ。

そして、ぬるりと蜜口にふれたと思うと、割れ目を這い上がり、ぶちゅりと花芯を押し潰した。

「〜〜っ」

瞬間、クレアの頭が白く染まり、ビクリと身体が揺れた。

こわばる舌をあやすようにウィルに舐められながら、クレアは一粒の涙をこぼして、不意打ちの絶頂に打ち震える。

やがて、衝動が去ったところで、ちゅぽんと指を引き抜かれ、クレアは祭壇に頽《くずお》れた。

「……クレア、大丈夫？」

悪びれる様子もなく問われ、クレアは祭壇に横たわったまま、ジトリとリアムを睨《にら》む。

「大丈夫じゃありません……っ」

「そう、……じゃあ、もう無理かな？」

「……というほどでは、ないです」

わざとらしいほど悄然《しょうぜん》とした表情で問われ、ますますムッとしながらも、嘘をつくのも嫌でそう答えると、リアムはあっさり笑顔に戻って言い放った。

「そっか！　ふふ、よかったね、兄さん！　クレア、まだまだ大丈夫だってさ！」

そこまでは言っていない。

そう思いながらも、ここでやめるという選択肢だけはないのはわかっていたので黙っていると、ウィルが労《いたわ》るようにクレアの頬を撫で問いかけてきた。

「本当に大丈夫か、クレア」

「……一応は、大丈夫です」

「そうか。だが……あまり長引かせるのもよくないかもしれないな」

「それは……まあ、そうですね」

この調子で朝まで嬲《なぶ》られたなら、途中で失神どころか失禁しそうだ。

「そうか……ならば、そろそろ先に進めよう」

ふ、と唇の端をつり上げて、甘く目を細めるとウィルはクレアに問うた。

「それで……どちらが先に欲しい？　君の希望を聞かせてくれ」

一拍置いてその意味を理解して、クレアは身内に灯《とも》る熱がぶわりと増すのを感じた。

「そんなの、決められません……っ」

「そうか。では、私たちで決めてもいいか？」

「っ、どうぞ！　お任せします！」

囁く声にギュッと目をつむって頷けば、楽しげなリアムの笑い声がクレアの耳をくすぐる。

「じゃあ、兄さんがもらいなよ。あのとき頑張ったご褒美にさ！」

「だが、彼女を救ったのは、おまえのギフトだ。それに、初めての口付けも私がもらってしまったからな……納得のいく形ではなかったが」

サラリと一瞬で終わってしまったあのときのことを思いだしたのか、ウィルの声に不満が滲《にじ》む。

「はは、ごめんごめん！　だって、やっぱり妬《や》けちゃってさ！　ちょっと意地悪したくなっちゃったんだよ！」

誠意のない謝罪の言葉を口にしてから、リアムはクレアに向き直り、悪戯《いたずら》っぽく微笑んだ。

「ねえ、クレア？　聞いての通り、私たち、兄弟思いすぎるからさ、きっとこのまま話していても決まらないと思うんだよね」

「……そうですね」

何だか嫌な予感がする。そう思いつつ頷くと、リアムは「そうだよね」と笑みを深めてクレアの膝に手をかけた。

「……ということで、クレアに決めてもらうね！」

「え？　で、でも」

「口に出しては言わなくていいよ。そうだなぁ……これから、三分ごとに交代で君を愛《め》でて、君を極めさせられた方が栄誉にあずかるってことでどう？」

「はい!?」

「それが嫌なら、今すぐ決めてね？　自分でここ広げて、好きな方の目を見て『ちょうだい』ってして？」

クスクスと笑いながら、くちりと割れ目をなぞられ、できるわけのない代案を出されたクレアは、真っ赤に頬を染め上げてリアムを睨《にら》んだ。

「リアム様って、本当に……イイ性格をしてらっしゃいますよね」

「ふふ、ありがとう！」

「褒めていませんから！」

叱りつけたところで成り行きを見守っていたウィルが小さく噴きだし、キッとクレアに睨《にら》まれて静かに視線をそらした。

――どっちもどっちだわ！

ウィルは本気でクレアが嫌がらない限り、恥ずかしいというだけではとめてくれないだろう。

クレアは祭壇にあらためて横たわると、自棄《やけ》半分に言い放った。

「リアム様の案の方で結構です！」

「よし、決まりだね！」

弾んだ声と共に、つかんだ膝をパカリと左右に広げられる。

クレアは心の中で羞恥に叫びながらも、ここで恥じらっても、よりひどいことになるだけだろうと素直に身を委《ゆだ》ねた。

「……最初は私からだよ。さあ、クレア、数えて」

「えっ、私がですか⁉」

「そうだよ。兄さんっぽく言うのなら、ここに時計はない。さらに言えば、私たちが数えると不正をする恐れがある。となれば、君が数えるほかないだろう？」

「……不正って」

「ああ、それは確かにそうだな。自分が勝てるようにではなく、相手が勝てるように手心を加えることはありえるだろう」

「それは……」

確かに、それならばありえそうだ。

「あー、でも、口に出して数えるとなると、三分は大変かな？」

「ならば、三十はどうだ？　三十ならば楽に数えられるだろう」

「三十？　何だか忙しないことになりそうだけれど……まあ、いいか！　ということで、クレア、三十カウントよろしくね！」

そう言いつけるなり、リアムはクレアの脚の付け根に顔を埋めた。

「――っ」

割れ目を舐め上げた熱い舌が花芯にふれ、クレアが淡い吐息をこぼすと、頭側に控えるウィルがそっとクレアの頬を撫でて囁いた。

「……クレア、数えてくれ。君が数えてくれないと私の番が永久に来ない」

「っ、あ、ごめんなさい。い、一、二、三――」

ぎこちないカウントアップと水音が祭壇の上で響く。

「ふっ、じゅ、十っ、十一っ、んんっ」

高まる快感に息を喘《あえ》がせつつ必死に数をかぞえる姿を、上から下からジッと見つめられながら、こみあげる羞恥を堪えてクレアは数え続ける。

「に、二十、三っ、ふ、二十四、二十五――んんっ」

残り五カウントとなったところで、突然、強く吸い上げられたと思うと、ぴょこんと飛びだした花芯の付け根に歯を立てられ、クレアは、ひ、と息を呑む。

そのまま剥《む》きだしになった薔薇色の粒をコリコリと甘噛みされ、痛いほどの刺激に腰が跳ねるが、それは絶頂によるものではない。

――や、これは、強すぎる……！

無理にでも果てに押し上げようとしたのかもしれないが、これでは逆効果だ。

「――っ、にじゅ、ろくっ、二十、なな、にじゅっ、八、二十九、三十っ」

ギュッと目をつむって数える声は、知らず知らず早口になっていた。

「……あー、残念」

パッと身を離して、リアムがわざとらしい嘆きをこぼす。

それで、ようやくクレアは、彼があえてクレアが達せないようにしたのだろうとわかった。

「じゃあ、兄さんの番だよ！」

口元を拭ったリアムが立ち上がり、ウィルと位置を入れ替える。

「……少し腫れているな、痛むか？」

かがみこんだウィルに指先で花芯を撫でられ、クレアは、ん、と吐息をこぼす。

「痛くはないですが……」

つい先ほどまで激しい刺激を与えられていたのが、突然なくなってしまったせいか、ジンジンとした疼きが残ってしまっている。

けれど、それを伝えるのも恥ずかしくて、クレアはキュッと目をつむって次の挑戦者を促した。

「……大丈夫なので、どうぞ」

「そうか。では、数えてくれ」

そう促し返すと、ウィルはクレアの花芯に舌を伸ばした。

「……一、二、ぅ、三」

労《いたわ》るようにじっくりと舐め上げられ、じんわりと快感がこみ上げてくるのに、クレアは、ん、と眉をひそめる。

先ほどのリアムのあれは強すぎたが、これはゆるすぎる。

もどかしさに思わず熱っぽい吐息がこぼれるが、口に出してねだることもできず、キュッと目をつむった次の瞬間。無防備な胸に甘い痺《しび》れが走った。

「――っ」

パッと目をひらいてみると、リアムの手がクレアの胸にふれ、ぷくりと立ち上がった頂きを指の腹で摘《つ》まみ上げていた。

「っ、リアムさま、何を？」

「んー、下手っぴな兄さんにちょっとハンデをあげようかなと思って？」

「へたっぴ？」

「だって、クレア……物足りなそうだから」

クスリと笑われ、クレアはカッと頬が熱くなる。

「ふふ、やっぱりそうだ。ねえ、兄さん、本気でする気がないなら、今すぐ譲ってよ。欲しくないんでしょう、クレアの初めて。私は欲しいよ。すごく欲しい。だからさ、いつもみたいに諦めて、さっさとどいてくれる？」

あからさまに煽るような言葉に、ウィルは眉をひそめて上目遣いにリアムを睨《にら》むと「……欲しくないはずがないだろう」とボソリと呟く。

そして、再びクレアの脚の間に顔を伏せると、かぷりと花芯に食らいついた。

「あっ」

尖《とが》らせた舌先で包皮を剥《む》かれ、ちゅ、とやさしく吸い上げられ、クレアの口から期待めいた吐息がこぼれる。

「ふふ、クレア。兄さん、本気出してくれるってさ、よかったねぇ？　でも、私も勝ちたいから、頑張って数えてね」

そう囁くなり、リアムはクレアの胸の先を摘《つ》まんで可愛がりはじめた。

そこからは、まともに数など数えられるはずもなかった。

ウィルの舌に花芯を弾かれ、押し潰されて、クレアの一番好きなやり方で責めたてられながら、リアムの指で胸を嬲《なぶ》られる。

それでもどうにか二十まで数えたところで、もつれる舌をリアムに食《は》まれ、唇を唇で塞がれて、そのまま、クレアは声も立てられずに二度目の絶頂を迎えたのだった。

「……あーあ、残念。兄さんの勝ちだね」

わざとらしい敗北宣言に、ウィルが皮肉げに唇の端をつりあげて答える。

「……ああ、兄思いの弟をもって私は果報者だな」

「はは、恩に着てね！」

カラカラと笑ってそう返すと、リアムはおもむろにクレアを抱き上げ、祭壇から下ろした。

つま先がパシャンと水に浸かり、肌に染み入るような冷たさにフルリと身を震わせたところで、「クレア、祭壇に肘をついて」と促される。

「……はい」

どうして手ではなく肘なのだろう、と思いながらも素直に従うと、上体を伏せて尻を突きだしたような体勢になって、クレアは先ほどとは違った要因で身を震わせることとなった。

「ふふ、いいながめ……じゃあ、どうぞ、兄さん」

「……ああ」

ウィルも、どうしてこの体勢なのか訝《いぶか》しく思っているのだろう。

それでもやめる気はないようで、ウィルはクレアの後ろに立ち、背にふれ、そっと撫でおろして腰をつかむと、装束を乱して昂《たかぶ》る雄を取りだした。

「……クレア、いいか？」

問うウィルの声に焦《じ》れたような熱が滲《にじ》んでいるのに、クレアは下腹が甘く締めつけられるような疼きを覚える。

「……はい、どうぞ」

答えると同時に潤む蜜口に切っ先が押し付けられて、ぷちゅりと可愛らしい水音が立つ。

二人の口から吐息がこぼれ、そろえたように息を吸い、また吐くのに合わせてウィルが腰を進めはじめた。

「……っ、あ、ぁ」

ふくれ上がった灼熱の肉塊が、クレアの身体を押し広げ、もぐりこんでくる。

散々指でほぐされていたからか恐れていたほどの痛みはなかったが、それでもどこかが裂けたのだろう。チリチリとした痛みに涙が滲《にじ》む。

それでも、この二十日の間、指で舌で、二人がかりで快楽を教えこまれたクレアの身体は、その痛みの奥に潜む甘い疼きのようなものをしっかりと感じとっていた。

そりかえった切っ先が指で暴かれた弱い部分にさしかかり、ごりり、とこすれて、ん、とクレアは身を震わせる。

大きく息をつき、目をつむった拍子にコロリと涙がこぼれて、それをやさしく拭われる。

そっと目蓋《まぶた》をひらいたところで、祭壇に肘をついてかがみこむリアムと目が合った。

――うう、見ないでほしいわ。

思わず顔をそらそうとして、そっと両手で頬を挟まれ、前を向かされる。

再びリアムと向きあうこととなり、気恥ずかしさにクレアが頬を染めたところで、彼はニコリと笑って言い放った。

「初めては兄さんに譲ってあげるけれど、やっぱり悔しいからさ……私の顔を見ながらしようね」

「え？」

「は？」

まさか、そのためにこの体勢にさせたのだろうか。本当にイイ性格をしている。

思わず二人そろって動きをとめると、リアムはニマニマと人の悪い笑みを浮かべて、クレアの頬を撫でながら、尋ねてきた。

「ふふ、痛くない？」

「え、い、いえ」

「……おまえが聞くな」

さすがに少し腹が立ったのだろう。

珍しく苛立ったように言うなり、ウィルはクレアを抱き起こし、クルリとひっくり返して祭壇の上に組み敷き、覆い被さった。

「あれー、ひとりじめ？」

「おまえも後でやれ」

からかうようなリアムの言葉に短く返すと、ウィルはこれ以上邪魔をされぬうちにすませようと思ったのか、それとも我慢が利かなくなったのか、クレアの腰をつかんで一息に押し進めた。

「──っ」

パンッと肌がぶつかる音と共に最奥に響く衝撃に、クレアは目をみひらき、声なき悲鳴を上げて背をのけぞらせる。

「っ、ぐ、クレア、大丈夫か？」

「はっ、あ、はい、大丈夫、です……っ」

苦しいが痛みはもうない。

そう告げると、ウィルはホッとしたように「そうか」と息をつき、「辛ければ言ってくれ」と声をかけてから、クレアの快感を引き出すために、ゆるゆると腰を揺らしはじめた。

「……っ、……は、ぅ、ん」

最初は異物感や圧迫感の方が強かった。

けれど、ゆっくりと引き抜かれ、押しこまれるのを繰り返し、彼の雄に馴染《なじ》むにつれて、緊張がゆるみ、ジワジワと快感の占める割合が増していく。

何十回目かは分からないが、引き抜かれ、また戻ってきた切っ先で奥を叩かれたとき、じわりと腰に響くような深い快感が広がって、クレアは、ん、と身を震わせた。

——やだ……奥、変だわ。

ゆっくりと奥を突かれるたびに、じわっ、じわっ、と心地好さが広がって、きゅうと締め付けてしまう。

その反応はウィルにも伝わっているはずだが、彼は笑みを深めるだけで何も言わない。

「……何、兄さん、その顔、そんなに気持ちいいの？」

「知りたければ後で自分で確かめろ」

「ケチだなぁ……まあ、いいよ。その代わり、早く代わってね」

そう言うなり、リアムはクレアの胸に手を伸ばし、律動に揺れる頂きをキュンと摘《つ》まみ上げた。

「っ、ぁあっ」

「——ぐっ」

強まる刺激に、繋がる二人の口から喘《あえ》ぎと呻《うめ》きがこぼれる。

ウィルはチラリとリアムを睨《にら》みつけてから、諦めたように溜め息を一つこぼして、クレアの頬をそっと撫でた。

「……クレア、もう少し君を楽しませたいが、うるさい負け犬に譲ってやらねばならないのでな、また次の機会でもかまわないか？」

「……は、はい」

こちらもこちらでひどい言い草だ。

そう思いながらも頷くと、ウィルは「ありがとう」と微笑んで――がしりとクレアの腰をつかみ、荒々しく叩きつけだした。

「っ、あ、あ、っ、っ、んんっ、ひっ」

たっぷりと時間をかけて馴染《なじ》まされた後ということもあって、痛みはなかった。

その代わりに次々と叩きこまれる快感に、クレアは身悶えることになった。

激しい律動に揺らされ、身体の奥から、ひたひたと絶頂の波がせり上がってくる。

「……っ、クレア」

ウィルが息を詰める気配がして、グッと腰を押しつけられ、グリグリと動かされると二人の身体の間で潰された花芯に振動が響き、たまらない心地になる。

ふるりと身を震わせたところで、大きく引き抜いたあと、叩きつけられて――

その瞬間、クレアは三度目の果てに押し上げられた。

声を上げようと口をひらいたところで、背をかがめたウィルに唇を塞がれる。

くぐもった呻《うめ》きと喘《あえ》ぎが交差した刹那《せつな》、彼の雄が自分の中で跳ね上がる。

注ぎこまれる熱を感じながら、クレアはキュッと目をつむり、ざあっと全身を通り抜ける激しい快感の波に呑まれ、酔い痴れていた。

やがて、ふわりと身体の力が抜けて、クレアが、はあ、と息をついたところで、小さな舌打ちと共にウィルが身を離した。

「——んっ」

身体を埋めていた質量が消え、仄《ほの》かな喪失感を覚えたのは束の間。

「ごめんね、クレア。もう待てない」

焦がれるような甘い囁きと共にクルリとひっくり返されて、辛うじて腰に巻きついていた装束を剥ぎ取られたと思うと、尻をつかまれ、身体の奥深くまでリアムの雄を叩きこまれていた。

「〜〜っ」

「っ、あ、これ、すご……っ」

ふれあう逞《たくま》しい身体がふるりと震えたと思うと、背後から覆いかぶさるように抱きすくめられる。

枷《かせ》のように巻きついた腕の強さに、クレアはこれから起こることを察して、少しの恐れと期待に小さく身を震わせる。

「リアムさま、や、やさしく、やさしくお願いします……っ」

「ん、ごめん、無理だと思う」

謝罪の言葉を言いおえるよりも早く、ズズッと雄を引き抜かれたと思うと次の瞬間、パンッと腰を打ちつけられ、クレアの口から悲鳴じみた嬌声がこぼれる。

「っ、く、——ああ、ごめん、クレア、ごめんねっ、やっぱり、無理だ、これ」

「んっ、あっ、はぁっ、ううっ、ふ、ぁあっ」

絶頂の余韻も冷めやらぬ内に激しい律動に揺らされて、クレアは過ぎた快感に身悶えながらも、必死にリアムの衝動を受けとめた。

喘《あえ》ぐ声がかすれはじめ、ようやくリアムが呻《うめ》きをこぼして動きをとめたときには、クレアの意識は半ば白みかけていた。

「……大丈夫、クレア？」

はあ、と大きく息をついたリアムが、今さらな気遣いの言葉をかけてくる。

「……一応、大丈夫です」

くたりと伏せたまま答えると、抱きしめたまま、ゆっくりと引き起こされた。

そのままリアムの胸に背を預けるようにもたれたところで、おなかに回った彼の腕にギュッと力がこもって、持ち上げられる。

ずずず、と彼の雄が抜けるにつれて、つま先が浮き上がり、ばしゃんと水が跳ねる。

――いやいや、何でこの抜き方。

もっと違う方法があるだろうに。文句をつけようと口をひらいたその瞬間、浮かんだ身体を引き下ろされた。

「～～っ」

「大丈夫なら、もう一回させて」

「おい」

不満げに眉根を寄せるウィルをチラリと横目で見てから、リアムはクレアの頬に口付ける。

「今度はもう少し、クレアのこと楽しませられると思うから」

先ほどのウィルの台詞を真似するようにそう言うと、再び、クレアを揺さぶりはじめた。

「——あぅ、ふ、ぅうっ、あっ、あぁっ」

ぬいぐるみのように抱えられながら、ぱちゅぱちゅと腰をぶつけられてクレアが身悶えていると、不意にリアムが何かに気付いたように、あ、と声を上げて動きをとめた。

「……ねえ、クレア、兄さん、見て」

「何を」

声も上げられないクレアに代わって不機嫌そうに答えるウィルに、リアムが指し示したのは二人が繋がった場所——ではなく、清らな水を湛えた床。

「ああ、水鏡か」

何でもないことのようにウィルが呟き、クレアは、え、と視線を落として——「いやぁぁっ」と羞恥の叫びを上げていた。

動きをとめたことで凪《な》いだ水面は鏡となって、リアムの雄を咥えこんだクレアの姿をくっきりと映しだしていたのだ。

「——っ、はは、すっごい締まった」

「やだ、もう見ないでっ」

つま先で水を蹴って鏡像を散らすと、クスクスと楽しげな笑い声が耳をくすぐる。

「あーあ、もう少し見たかったのに」

「嫌ですっ!」

「そっか、じゃあ、今度は本当の鏡の前でしようね」

「もっと嫌ですよ！」

「ええー、残念だなぁ」

「残念じゃありませんっ！　もう！」

羞恥に潤む瞳で睨《にら》みつけると、リアムは「ごめんね」と眉尻を下げ、愛おしそうに目を細めると、

「クレアが可愛すぎて虐めたくなっちゃうんだ」と腹が立つほど美しい笑顔で囁いた。

クレアは一瞬、その笑みに見惚れそうになり、けれど、すぐさま我に返って言い返す。

「いやいや、理由はどうあれ、そもそも虐めないでください！」

「そうだ。虐め方や加減を間違えると嫌われるぞ」

見当違いの説教をぶつウィルに「そういう問題ではありません！」と言い返そうとして、クレアは、あ、と息を呑む。

祭壇を挟んだ向かい側にいたはずのウィルが、いつの間にかすぐ目の前まで回って来ていたのだ。

「なあ、クレア」

「……はい、何でしょうか」

「私は女性を恥ずかしがらせて喜ぶ趣味はなかったのだが……」

「え？　は、はい」

「リアムに嬲《なぶ》られる君を見ているうちに、確かに可愛らしいなと思いはじめている」

「はい!?　いや！　そういうのに目覚めなくて結構ですから！」

二人がかりで辱《はずかし》められたら、たまったものではない。羞恥で頭が破裂する。そう思うのに――

「君が本当に嫌ならば、やめるが……少しだけ試してみてもいいか？」

静かな熱の滲《にじ》む声とまなざしでねだられたら、嫌とは言えなかった。

「……す、少しだけ、なら」

「そうか、ありがとう」

渋々そう返したところで、ウィルが嬉しそうに頬をほころばせてその場に膝をついた。

「え、あ、あの？」

「見られるのが恥ずかしいのだろう？」

「……ああ、そっか。水鏡も鏡も嫌なら、直接見られるしかないよね」

ウィルの意図を理解したのだろう。

「じゃあ、兄さん。クレアが恥ずかしがるように、たっぷり見てあげてね」

クスリと笑うと、リアムはクレアを抱いたまま身体の向きを変えた。

そのまま、一歩後ろに下がり――

「クレア……私を甘やかすとひどい目に遭《あ》うけれど、兄さんを甘やかすのもダメだと思うよ」

そんな言葉と共に祭壇に腰を下ろした。

座った衝撃で最奥を突き上げられ、キュッと目をつむり、ひらいた瞬間、クレアは声にならない悲鳴を上げる。

リアムと繋がるその場所を、膝をついたウィルが覗きこんでいたのだ。

「っ、は、すごっ、水に映したときより良い反応！」

愉《たの》しそうに声を上げると、リアムは「もっと見せてあげようね」と後ろからクレアの膝をすくい、ぐいと持ち上げた。

結合部がいっそう露わになって、みちみちと雄を咥えこみ、めくれあがった花弁までがウィルの眼前にさらされる。

「っ、だめ、そんな近くで見ないでぇっ」

「……リアム、クレアの反応はどうだ。本当に嫌がっているのか、それとも恥ずかしがっているだけか？」

「んー、きゅんきゅんしている感じからすると、恥ずかしいだけかなぁ」

勝手なことを言わないでほしい――そうクレアが訴える前に「もっと気持ちよくしてあげたら、素直になれるかもね！」とさらに勝手な提案がなされてしまって。

「そうか」と頷いたウィルが結合部に手を伸ばして、ぬるつく花芯に指を這わせ、同時にリアムも腰を突き上げたことで、クレアの抗議は言葉になることなく喘《あえ》ぎに溶けていった。

「いっ、ひ、ぁあっ、や、ぁあっ」

ウィルに見られながらリアムに貫かれて、羞恥と快感に身も心も炙られ、つま先が何度もピンと伸びては丸まり、跳ねる。

掻きだされた蜜だか白濁だかもはやどちらかわからないものが尻を伝い、雨だれのように水面に落ちては飛沫《しぶき》を上げて消えていく。

「あっ、んんっ、はぁ、も、もう……、あっ」

潤み、揺れる視界の中で、ふと、クレアは床に膝をついたウィルが自らの装束の裾から手を入れ、荒々しく動かしていることに気付いて、小さく目を瞠《みは》る。

「はは、クレアも気付いちゃった？　見るだけじゃ足りないんだって、さっきの私と同じだね！」

「っ、余計なことを言うな」

バツが悪そうに手をとめるウィルがいつになく可愛らしく見えて、クレアは何だか胸が甘く締めつけられるような心地になった。それがリアムに伝わってしまったのだろう。

「……ねえ、クレア、ちょっと手伝ってあげたら？」

耳元で囁かれ、ドキリと鼓動が跳ねる。

「だってさ、私たちは二人で愛しあっているのに、兄さんだけ自分で……なんて可哀想でしょう？だから、ちょっとだけ、ね？」

「っ、わ、わかりました」

「ふふ、よかったね、兄さん」

リアムの言葉とクレアの視線に誘われるようにウィルが立ち上がり、手を伸ばしてくる。

その手がクレアの手を取ろうとしたところで、リアムはクレアを抱き締めたまま、コロンと後ろに倒れこんだ。

「手もいいけれど……クレアの太ももも気持ちよかったよ」

「……そんなところまで使ったのか」

ジワリと嫉妬の滲《にじ》む声と共に、ウィルの手がクレアの膝にかかる。

「うん。ぴったり脚を閉じてもらって、クレアの好きな場所にも当たるようにすりつけるんだよ」

煽るように唆《そそのか》すリアムの声に、クレアを見下ろすウィルの瞳に滾《たぎ》るような熱が灯《とも》る。

あ、とクレアが怖れと期待に身を震わせたところで、閉じた脚の間にウィルの雄がねじこまれ、

「三人で楽しもうね」というリアムの囁きを合図に、二つの律動が始まった。

「っ、ぁあっ、あ、ひ、ぁああっ」

逞《たくま》しい身体に挟まれ、ふくれ上がったリアムの雄にやわい肉を奥の奥まで抉《えぐ》られながら、そりかえったウィルの雄に花芯をすり潰さんばかりに擦り上げられる。

身体の外からも中からも弱いところを嬲《なぶ》られ、責めたてられて、何度となく果てに飛ばされた。

はあ、と耳や頬にかかる二人の乱れた息遣いや、肌に落ちてくる熱い汗の感触にも官能を煽られ、クレアは途中から自分がどんな声を上げているのかもわからなくなった。

行き場に迷ってもがく手を片方ずつとられ、指を絡めて祭壇に押し付けられて、どちらのものかわからない手に胸の先をキュッと摘《つ》ままれ、クレアの喉から裏返ったような甘い悲鳴が迸《ほとばし》る。

何回、いや何十回目かの絶頂に、二つの雄に挟まれた場所からぷしゃりと飛沫《しぶき》が散って、水面に跳ねた。

それから一拍遅れて、二人の熱が爆ぜ、クレアの身体を白く染め上げたのだった。

＊　＊　＊

荒々しく入り混じっていた三つの呼吸が少しずつ静まり、辺りに静寂が戻ってくる。

――もうダメ……動けない。

甘い気怠さに捕らわれ、ぐったりと横たわりながら、クレアは心の中で呟いた。

女神役というより、祝祭の贄《にえ》になった気分だわ――と。

目をつむり、深々と息をついたところで、よいしょ、とクレアを抱いたままリアムが身を起こす。

「……っ、ぁ」

湿った音を立てて、埋めこまれた雄が引き抜かれる刹那《せつな》、クレアの唇からは反射のように喘《あえ》ぎがこぼれた。

「……ごめんね、ちょっとやりすぎちゃった？」

膝の上に抱え直され、謝罪というには甘すぎる囁きに耳たぶをくすぐられて、クレアは、ん、と肩をすくめながらも、ジトリとリアムを睨《にら》みつけた。

動けなくなるまで抱き潰しておいて、これのどこが「ちょっと」なのだ。

そんな抗議を視線にこめて、ヘラヘラと笑うリアムを睨《にら》みつけていると、あやすようにウィルが頬を撫でてくる。

「……すまないな、クレア」

こちらはきちんと悪いと思っていそうな声で告げられ、クレアはゆるりと前に向き直る。

「どうやら、君と私たちでは『ちょっと』の基準が違うようだ。だいぶやりすぎてしまったようですまない」

「……いえ」

あらためて謝られると、それ以上は責める気にもなれず、クレアはモゴモゴと目を伏せた。

「……以後、気をつけてくだされば、それでいいです」

「そうか。では、以後、これくらいにとどめて度を越さぬように気をつけよう」

「いやいや！　すでに越していますから！　度！」

何が「これくらいにとどめて」だ。

毎回これでは、とてもではないがクレアの身が持たない。頭か腰が壊れてしまう。

「きちんと加減してください！」

潤む瞳で訴えると同時に、背後でリアムがプッと噴きだす。

「何を笑っているんですか！」

クレアがパッと振り向き睨《にら》みつけると、リアムは「ふふ、ごめんね」と笑い混じりに謝ってから、

「でも、無理だよクレア」と付け足した。

「え？　何がですか？」

「だって、これでも足りないくらいなのに……これ以上控えるなんて、辛すぎる。お願い、クレア。これくらいで許して」

ジワリと熱を滲《にじ》ませた懇願に、クレアは、う、と言葉に詰まる。

——そんな言い方、卑怯だわ……！

何が「これくらいで許して」だ。それを言うのはクレアの方だろう。

そう言って、絡みつく腕を叩き落としてしまいたい。けれど。

――これでも足りないっていうのも、本当なんでしょうね。

クレアは小さく息をつき、もぞりと身じろぐ。

いつの間にか勢いを取り戻したリアムの雄は、いまやクレアの尻にめりこまんばかりに強ばり、高まっていた。

そっと目を落とすと、前に立つウィルの雄も同じようなありさまで、気が遠のきそうになる。

――愛を示すにも限度があるわよ……！

うう、と呻《うめ》きをこぼして顔を覆ったところで、その手首をつかまれ、引き下ろされた。

そうして無理矢理に向きあうことになったウィルは、強引な態度とは裏腹に、不安げなまなざしをしていた。

「……クレア」

「……何ですか？」

「こんなことをされて……やはり双子は嫌になったか？」

ずるい――クレアは思った。そんな聞き方をされて「そうですね、嫌になっちゃいました！」と言えるはずがないではないか。

クレアはギュッと眉根を寄せながらも、キッパリと答えた。

「嫌ではないです。大好きです」

「そうか……それは何よりだ」

ホッと表情をゆるめるウィルに、つられて和《なご》みそうになりつつ、クレアは念のため言い足した。

「でも、やっぱり次からは、もう少しやさしくしてください」

「……善処しよう」

そう答えたウィルの口元には愉《たの》しげな笑みが浮かんでいて、その気がないのが明白だ。

――まったくもう！　二人ともしょうがないんだから！

クレアは心の中で憤り、それから、フッと口元をほころばせた。

――本当に、仕方がない人たち。

ぜんぜん、完璧ではない。理想でもない。それぞれ不完全で、それぞれ違った方向に腹が立つ、愛しい人たち。クレアが選んだ二人の夫。

これから先ずっと、未来を分かちあい、この二人と生きていく。

三人で生きて、幸せになるのだ。

そう思ったとき、クレアの胸にふわりと浮かんだ疑問と願いがあった。

「……あの、ウィル様、リアム様。一つだけお聞きしてもよろしいですか？」

「ああ、もちろんだ」

「うん、何でも言って」

それぞれ少しずつ違った笑みを浮かべて頷きながら、クレアを見つめる二人の瞳は、満ち足りているように見える。

――でも、本当にそうなのかしら？

足りないものは、本当に何もないのだろうか。それを確かめるために、クレアは問いかけた。

「歪《ゆが》みを正してみたいとは思いませんか?」

まばたき一回分の間を置いて、その問いの意味が伝わった瞬間、ハッと二人が身を強ばらせるのがわかった。

「……思わない。無理だ……今さら、そのようなこと」

呻《うめ》くようにウィルが答え、リアムが「そうだよ」と同意を示す。

二人の声に恐れが滲《にじ》んでいるのを感じながらも、クレアは、もう少しだけと口をひらいた。

「……確かに皆驚くでしょうし、今さらだと反感を抱く人もいるでしょう。でも、理解してくれる人だって、たくさんいるはずです」

「そんな……そんな風に簡単にいくわけがない」

「そうですね、きっと簡単なことではないでしょう。でも……」

言葉を切り、クレアは、そっとリアムに視線を向ける。

「……以前、リアム様がおっしゃっていましたよね。『大切なのは、私たちが違う人間であることを知っていて、心から受け入れてくれる人が、たった一人でもいることで、名前なんてどうでもいい』と……」

「……そんなことを言ったのか?」

ウィルの問いに、リアムが気まずげに視線をそらしながら頷く。

「……うん」

「そうか……それで、それに関してクレアは何か思うところがあったということか？」

「はい。そのたった一人に選んでくださったことは、とても嬉しいです。ですが、私一人でいいのかな……とも思ったんです」

二人が別の人間だと知って、認めて、受け入れる存在が、クレアだけで本当にいいのかと。

「お二人がそれで幸せならば、このまま一生隠し通してもいいでしょう。でも、もしも、少しでも歪《ゆが》みを正したいという気持ちがあるのならば……その道も、考えてみませんか？　誰にも隠したりごまかしたりしないで、堂々と三人で生きていけるように」

「……堂々と、三人で」

呆然としたように呟く二人に、クレアは「はい」と頷いた。

「すぐに答えを出さなくてもいいので、ぜひ一度、お二人で考えてみてください」

そして、二人にとって一番幸せだと思う道を選んでほしい。クレアはそれについていくから。

そんな気持ちをこめて微笑みかけると、二人はおずおずと視線を交わし、それからそっとクレアに視線を戻して、ゆっくりと口をひらいた。

「……もしも……」

ポツリとウィルが呟く。

「双子の王など認めないと……革命でも起こされたらどうする？」

クレアはパチリと目をまたたかせて、それから、ニコリと笑って答えた。

「そのときは、三人で逃げちゃいましょう！」

え、と目を瞠《みは》る二人に、クレアは笑顔で続ける。

「私は生まれながらのプリンセスではないので、国よりも愛する人の命の方が大切です。だから、そのときが来たら、きっとお二人に泣いてすがって、一緒に逃げてほしいと頼むと思います」

「……そうか」

「はい。三人で逃げて……リアム様のギフトで遠くまで飛んで、知らない国で暮らすんです」

「知らない国で？」

「そうです。言葉が違っても、お二人が通訳をしてくださるでしょう？　そこで私はどこかの病院で働いて、ウィル様は失せ物探しの占い屋でもひらきましょうか。リアム様は……転移を活かせる仕事ってなんでしょうね……でも、大丈夫。私とウィル様で養ってあげますから！」

「いやいや、そこは私の働き口も考えてよ！」

勢いよくリアムがつっこみ、それから、彼らは二人そろって顔を覆い、深々と息をついた。

「……夢物語だな」

「うん。そんなに上手くいくとは思えない」

溜め息まじりにウィルが呟き、リアムがボソリと同意を示す。

「まあ、そうですよね……」

クレアだってそう本気で上手くいくと、楽観的に考えてはいない。

ただ、もしもそのようなことになっても、最後まで二人の傍にいると伝えたかったのだ。

そして、クレアの想いは届いた。

「だが……」

ややあって、ゆっくりと手を下ろした二人の顔には笑みが浮かんでいた。

雨上がりに雲間から差しこんできた光に目を細めるような、何かが晴れた、温かな笑みが。

「……もしものときは、そうしてみようか」

「うん。私は……私たちは、きっとクレアがいれば、どこでだって幸せになれるだろうからね」

「ウィル様、リアム様……！」

「……というわけで、クレア」

ウィルが、いつもの皮肉めいた笑みを浮かべてクレアに告げる。

「君が私たちをそそのかしたのだ。もしものときには責任をとって、私たちと添い遂げてくれ」

クレアは迷うことなく「はい！」と頷いて、力強く宣言した。

「お二人まとめて、引き受けさせていただきます！」と。

重婚なんてしたくない。そう思っていたが、今は違う。どちらか一人を選びたいとは思わない。

どちらも愛したいし、愛されたい。どちらも幸せにしたいし、三人で幸せになりたい。

——意外と、私って欲ばりだったのね。

ふふ、と目を細めると、クレアは二人の夫の手を取り、そっとまとめて引き寄せて。

誓いを立てるように、その指先に口付けた。

エピローグ　いいえ、これから広げていくのよ！

祝祭の夜から一月《ひとつき》と十日が過ぎ、迎えた収穫祭——お披露目の日。

クレアは宮殿のバルコニーへと続く窓の陰から、そっと外を覗いて、レースのベール越しに目にした光景に息を呑んだ。

普段、人々が思い思いに憩《いこ》う宮殿前広場は、新たな王太子妃を一目見ようと集まった観衆で埋め尽くされていた。

——こんなに集まるなんて……！

今からこのたくさんの人々の前に出ていくのだと思うと、にわかに緊張がこみ上げてくる。

神の前での誓いはすでにすませてあるので、今日は民の前で誓いを立てるのだ。

バルコニーの手すりは金色の布と白い花で飾り付けられ、片隅には誓いの言葉を民に届けるため、「拡声」のギフトを持った文官が控えている。

——だ、大丈夫、上手くいくわ。

心を落ち着かせるようにドレスの胸元をそっと押さえて、大きく深呼吸をする。

今日クレアがまとっているのは一枚布の巫女《みこ》装束でも、北殿で身につけていた色鮮やかなドレスでもない。

花嫁の色である、純白のドレスだ。

ベールとそろいの精緻《せいち》なレースをあしらい、小粒のダイヤモンドを散らした裾広がりのそれは楚々としたデザインながら、日の下では散らした宝石が陽ざしを反射し、無数の光をまとっているように見える。

今日の日のために用意された特別な品なのだ。

——少なくとも、ドレスは完璧よね。

もちろん、花婿も——そう思いつつ、後ろを振り向くと、最後の打ち合わせをしていた花婿たちと目が合った。

豪奢な金糸の刺繍《ししゅう》をあしらった上着とベスト、トラウザーズ。均整の取れた長身に純白の衣装をまとった二人は、まばゆいほど凛々しく美しい。

けれど、その顔に浮かんでいるのは、ハレの日の喜びよりも緊張の色が濃い。

「……いよいよだな」

神妙な面持ちで呟くウィルの傍らには、同じ婚礼の衣装をまとったリアムが控えている。

今日、お披露目されるのはクレアだけではない。

もう一人、いやもう一つの真実の方が、民にとっては重大な事柄だろう。

あれから何度も話しあい、この日に歪《ゆが》みを正そうと、皆に打ち明けようと決めていた。

民の前で、新しい人生を始めるこの日に。

できる限りの根回しはすませてある。

ウィルとリアムは、スクータ侯爵に打ち明けたように、廷臣《ていしん》の中で信頼できそうな者から真実を告げ、助力を乞《こ》うていった。

クレアも今まで治療をした人々に、自分がもうすぐ結婚することと相手が双子であること、その人のためにどうか力を貸してくれるようにと頼んで回った。

快く支持を表明してくれた者もいれば、そうでない者もいたが——ありがたいことに前者の方がずっと多かった。

——今日も、そうであってくれますように……！

祈りながら、ウィルとリアムと互いに励ますように頷きあう。

そんな三人を、少し離れたところから静かに見守っているのは国王だ。

その傍らに王妃の姿はない。彼女は今、王宮を離れている。

おそらく、二度と戻ってくることはないだろう。

双子の決断に異を唱え、ついには短剣を振りかざしたところを捕らえられ、二人のどちらかが幽閉される予定だった塔に送られたのだ。

最後の最後まで、彼女は歪《ゆが》みを正そうと——息子たちを受け入れようとはしなかった。

これからもずっと、歪《ゆが》んだまま生きていくのだろう。

その歪《ゆが》みがもうウィルとリアムに影響を及ぼすことがないのが、せめてもの救いだ。

そっと溜め息をついたクレアの胸に、もう一人の歪《ゆが》みを正せなかった女の面影がよぎる。

ミーガンも王妃と同じく、最後まで変わらなかった。

クレアの嘆願で処刑こそ免れたものの、二度とギフトを使えぬよう処置を施され、父親ともども国外追放になったのだが……国を出る瞬間まで、彼女は喚いていたそうだ。

クレアが王太子妃なんてずるい、私の方が相応しいのに――と。

その話を聞いたとき、クレアは何ともやりきれない気持ちになった。

「……クレア、大丈夫か？」

「え、は、はい！　大丈夫です！」

慰めるような、励ますような声音で呼ばれ、クレアはハッと我に返って背筋を伸ばす。

落ちこんでいる場合ではない。

彼女たちは自分でその道を選んで、クレアはクレアでこの道を選んだ。

後は進むだけだ。前を向いて、自分で選んだ道を。

しっかりと目の前の二人を見つめて頷くと、小さく頷き返される。

そして、ウィルとリアムは上着の裾をひるがえし、二人並んでバルコニーへと続く両びらきの窓の前に立った。

侍従の手で恭《うやうや》しく窓がひらかれ、さぁっと吹きこむ風と共に民衆の歓声が流れこんでくる。

完全に窓があけはなたれたところで、二人がスッと背筋を伸ばす。

その背を見送ろうとして、クレアは二人の手が微《かす》かに震えていることに気付く。

そして、次の瞬間には駆けよって、二人の間に割りこみ、それぞれの手を取り握りしめていた。

「……クレア」

「一緒に行きましょう。三人で」

「ダメだ。君まで罵られるかもしれない」

「そうだよ、様子を見てからにした方が……」

打ち合わせでは、先に二人が出て民の反応を確かめた後、クレアが呼ばれることになっていた。

「いいえ、一緒に行きます」

「……いいのか？」

「もちろん、私たちは三人で夫婦ですもの！」

クレアが力強く答えると、二人の表情がホッとゆるみ、やわらかな笑みが浮かぶ。

「……そうだな」

「行こっか、三人で」

「はい」

そうして、手を取りあい前を向いて、一歩を踏みだした。

進んでいくにつれ、人々の歓声が高くなり、そこにチラホラと戸惑いの声が混じっていく。

ドキドキと鼓動が早鐘を打ち、手のひらに汗が滲《にじ》んでくる。

――大丈夫、大丈夫よ。

ここで否定されても、それで終わりではない。

最後まで傍にいると決めたのだ。この手を離したりはしない。

一歩一歩と進み、やがて、手すりの前に三人並んで立ったときには、人々の歓声はすっかりやんで、どよどよという不穏なざわめきが広場を支配していた。

クレアは二人を励ますように自分自身を奮い立たせるように、繋いだ手に力をこめる。

それが合図だったように、まずウィルが口をひらいた。

「――我が親愛なる国民たちよ、皆、今日、この場に集まってくれたことに感謝する」

朗々と響く声に波が引くようにざわめきが静まり、ウィルが「見ての通り、私たちは双子だ」と続けたところでまたぶり返す。

「私がウィル、彼がリアム。ウィリアムという名をわけあい、一人の人間として生きてきたのだ。このような重要な事柄を皆に隠していたことを、心から詫びたい」

そう言って二人が深々と頭を垂れたところで、いくつもの悲鳴のような声が上がったが、罵りの声は聞こえてこなかった。

「だが……」

ゆっくりと身を起こしたウィルが民衆を見渡し、一人一人に語りかけるように訴える。

集まった人々も戸惑いの表情を浮かべつつ、彼の次の言葉を待っているようだった。

「……今までも、そしてこれからも、私たち二人が国を、あなたたち民を想う気持ちに偽りはない。私たちは双子だが、二百年前のようにいがみ合ったりなどしない。私たちは互いに必要としている。そして、私たちを繋ぐ楔《くさび》となってくれる、かけがえのない妃《きさき》もいる……紹介しよう、クレアだ」

チラリと目配せを受けて、クレアはドレスの裾をつまんで精一杯優雅な仕草で腰を落とす。

それから、スッと背すじを伸ばし、ベールをめくりあげた。

まばゆい陽ざしの下、白銀の髪がサラリとなびいて――

「――癒しの巫女《みこ》様だ！」

誰かが叫ぶ声が聞こえた。

「じゃ、巫女《みこ》様が言ってた双子って……え、あ、ええっ⁉」

ざわめきがまた大きくなり、そのざわめきに打ち消されぬよう、クレアは精一杯、凛と声を張り上げた。

「――ご紹介にあずかりました、クレアです。皆さんの中には、私をご存知の方もいらっしゃるでしょう。私は四年前から神殿の巫女《みこ》として、皆さんのお役に立つべく働いておりましたが、元はただの孤児でした。けれど、お二人はそんな私を見下すことなく、一人の人間として敬意を払い、認めてくださいました、お二人はそのような素晴らしい方です！」

クレアはそこで一度言葉を切り、ゆっくりと息を吸って整えると、どうかわかってほしいと心をこめて人々に呼びかける。

「皆さんが驚くのも無理はありません。私も、お二人が双子だと知ったときは、とても驚きました。ですが、これまで王太子ウィリアムという方がどれほど民を思い、民のために力を尽くしてきたか、私も皆さんもよく知っているはず……たとえ、本当は双子だったとしても、ウィリアム様の行ってきたこと、私たちが救われてきた事実に変わりはないはずです！」

たとえ、特別な神の子ではなくても、彼らはずっと王太子として民のために生きてきたのだから。

「だからどうか、お二人を信じて、皆さんのお力を貸してください。私も、お二人を信じ、お二人が皆さんのためにこれからも力を尽くせるよう、精一杯愛し支えていきます！」

そう締めくくって、クレアは民に向かって深々と頭を垂れた。

その肩にリアムがふれ、ふわりと微笑みかけてから、民に向き直る。

「……この通り、我が妃《きさき》は本当によくできた、素晴らしい女性だ。彼女がそばにいてくれる限り、私たちが道を踏み外したり、いがみあったりすることはないだろう」

ウィルよりもいくぶん軽やかな口調で人々に呼びかける。

「くだらない迷信は私たちの代で終わりにする。私たちは共に力を合わせ、今生きているすべての民が、これから生まれてくるすべての子が、安心して暮らせる国を作っていくと約束する。だから、どうか私たちを信じて、ついてきてほしい！」

力強い声が響きわたり、その余韻が風に溶け、しん、と静まり返った後。

パラパラと拍手が起こり、少し遅れてから上がった歓声と共に広がりはじめる。

その音が高まるにつれ、二人の身体から力が抜けていくのが、つないだ手を通して伝わってきて、クレアの胸にも安堵がよぎった。

——ああ、よかった……！

ホッと息をついて人々を見渡すと、熱心に手を叩いている者の中に、クレアが治療をした人々やルディとラディの姿を見つけて頬がゆるむ。

同時に、むっつりと腕を組んでいる人々がいるのも見えてチクリと胸が痛んだが、クレアは笑みを浮かべ続けた。

段々と拍手と歓声が大きくなり、広場中に広がって、その向こうの通りにまで響き渡っていく。

そのまま国中に広がっていってくれるといいのに——とクレアは願い、すぐさま思い直した。

——いいえ、違うわね……これから広げていくのよ！

ただ神に祈るだけでなく、自分たちの手で民の信頼も望む未来も勝ちとっていくのだ。

二人と一緒に。三人で、もっともっと幸せになるために。

クレアは前を向いて微笑みながら、そんな決意をこめて、右と左、繋いだそれぞれ愛しい人の手をいつまでも握りしめていた。

この作品に対する皆様のご意見・ご感想をお待ちしております。
おハガキ・お手紙は以下の宛先にお送りください。

【宛先】
〒150-6008 東京都渋谷区恵比寿 4-20-3 恵比寿ｶﾞｰﾃﾞﾝﾌﾟﾚｲｽﾀﾜｰ 8F
（株）アルファポリス　書籍感想係

メールフォームでのご意見・ご感想は右のＱＲコードから、
あるいは以下のワードで検索をかけてください。

アルファポリス　書籍の感想　検索

ご感想はこちらから

重婚《じゅうこん》なんてお断《ことわ》り！ 絶対《ぜったい》に双子《ふたご》の王子《おうじ》を見分《みわ》けてみせます！

犬咲（いぬさき）

2023年 8月 31日初版発行

編集－山田伊亮
編集長－倉持真理
発行者－梶本雄介
発行所－株式会社アルファポリス
〒150-6008 東京都渋谷区恵比寿4-20-3 恵比寿ｶﾞｰﾃﾞﾝﾌﾟﾚｲｽﾀﾜｰ8F
TEL 03-6277-1601（営業）　03-6277-1602（編集）
URL https://www.alphapolis.co.jp/
発売元－株式会社星雲社（共同出版社・流通責任出版社）
〒112-0005 東京都文京区水道1-3-30
TEL 03-3868-3275
装丁イラスト－鈴ノ助
装丁デザイン－AFTERGLOW
（レーベルフォーマットデザイン―團 夢見（imagejack））
印刷－図書印刷株式会社

価格はカバーに表示されてあります。
落丁乱丁の場合はアルファポリスまでご連絡ください。
送料は小社負担でお取り替えします。

ISBN978-4-434-32473-4 C0093